Alfred von Kremer, Ibn-Chal'dun Asn

Ibn Chaldun und seine Culturgeschichte der islamischen Reiche

Antigonos

Alfred von Kremer, Ibn-Chal'dun Asn

Ibn Chaldun und seine Culturgeschichte der islamischen Reiche

Unveränderter Nachdruck der Originalausgabe von 1879.

1. Auflage 2024 | ISBN: 978-3-38697-320-5

Antigonos Verlag ist ein Imprint der Outlook Verlagsgesellschaft mbH.

Verlag: Outlook Verlag GmbH, Zeilweg 44, 60439 Frankfurt, Deutschland
Vertretungsberechtigt: E. Roepke, Zeilweg 44, 60439 Frankfurt, Deutschland
Druck: Libri Plureos GmbH, Friedensallee 273, 22763 Hamburg, Deutschland

I.

Leben und Werke.

Es ist eine beachtenswerthe Erscheinung im orientalischen Mittelalter, zu einer Zeit, wo die grosse Geistesthätigkeit des arabischen Volkes schon ihren Gipfelpunkt überschritten hatte und von allen Seiten die Anzeichen des Verfalles sich bemerkbar machen, einen kühnen, selbstständigen Denker auftreten zu sehen, der, den Entwicklungsgang der Civilisation beobachtend, eine für jene Zeit ebenso originelle als grossartige Geschichtsauffassung sich zu bilden verstand.

Ibn Chaldun ist der Name des hervorragenden Mannes, der unter den Historikern des Morgenlandes unbestritten die erste Stelle behauptet, weil er nicht nur die Geschichte der islamischen Völker nach einem ganz neuen und selbstständigen Plane schrieb, sondern auch der Culturgeschichte seine besondere Aufmerksamkeit widmete, und, wie er nicht ohne Selbstgefühl hervorhebt, sie eigentlich erfand und begründete.

Die bewegte Zeit, in der er lebte, die einflussreiche Rolle, welche er als Staatsmann und Gelehrter spielte, mögen viel dazu beigetragen haben, seinem Geiste diese Richtung zu geben.

Geboren in Tunis im Jahre 1332 und einer der angesehensten Familien von Sevilla entsprossen, nahm er schon in seinem zwanzigsten Lebensjahre die Stelle eines Secretärs bei dem über Tunis damals wenigstens dem Namen nach die Herrschaft ausübenden Sultan Abu Ishâk II. aus der Dynastie der Hafṣiden ein. Bald aber verliess er diese Stellung und begab sich nach Fez, der Hauptstadt der Sultane aus dem

Geschlechte der Meryniden. Hier erhielt er eine Stelle im Secretariate des Sultans Abu 'Inân, fiel aber bald in Ungnade, ward in den Kerker geworfen und erlangte die Freiheit erst nach dem Tode des Sultans im Jahre 1358, worauf er wieder eine nicht unwichtige politische Rolle spielte und schliesslich von dem neuen Herrscher zu seinem Geheimsecretär ernannt ward. Ein Aufstand stürzte den Sultan und unter dem neuen Gewalthaber gerieth Ibn Chaldun in eine schwierige Stellung. Er wandte sich (1362) nach Spanien, wo Ibn Aḥmar, der König von Granada, dem er früher wichtige Dienste geleistet hatte, ihn mit offenen Armen empfing. Ein Jahr später begab er sich als Gesandter seines neuen Herrn nach Sevilla, der Stadt seiner Ahnen, zu Peter dem Grausamen, König von Castilien, bei dem er die zuvorkommendste Aufnahme fand. Der König machte ihm den Antrag, an seinem Hofe zu bleiben und wollte ihm sogar die in Sevilla gelegenen früheren Besitzthümer seiner Familie zurückerstatten.

Nach Granada zurückgekehrt, lebte er in den angenehmsten Verhältnissen, bis eine Verstimmung zwischen ihm und dem Wezyr Ibn Chatyb ihn veranlasste, wieder nach Afrika zurückzukehren (1365). Er liess sich in Bigâja (Bougie) nieder, wohin ihn der Hafṣiden-Prinz Abu Abdallah eingeladen hatte.

Doch auch hier währte seine Ruhe nicht lange, denn ein benachbarter Machthaber, der Fürst von Constantine, eroberte die Stadt. Nur kurz verblieb Ibn Chaldun unter dem neuen Fürsten und wandte seine Schritte nun nach Telmesân (Tlemsen), wo er von dem Gebieter dieser Stadt, dem Prinzen Abu Hammu, aus der Familie der Abd-alwâd, zum Secretär gewählt ward. Im Jahre 1370, als sich eben ein Krieg zwischen seinem Herrn und dem Sultan von Westafrika aus der Dynastie der Meryniden vorbereitete, erbat er sich die Erlaubniss, nach Spanien zu reisen und erhielt sie auch. Aber im Augenblicke seiner Einschiffung ward er auf Befehl des Meryniden-Sultans Abdal'azyz verhaftet, erlangte nach kurzem Verhöre die Freiheit, kam schnell in Gnaden und trat nun in die Dienste dieses Fürsten, der sich des grossen Einflusses gerne versicherte, den Ibn Chaldun auf die arabischen Nomadenstämme ausübte, die damals ein sehr wichtiges politisches Element bildeten. Als der Sultan Abdal'azyz starb, blieb er im Dienste seines Sohnes

Abu Bakr Sa'yd, der jedoch nur unter Bevormundung des Grosswezyrs die Herrschaft führte.

Unterdessen erfolgte seitens des Königs von Granada eine Einmischung in die innern Angelegenheiten des Meryniden-Staates, indem er gegen den unmündigen Sultan sich erklärte und einen Kronprätendenten aufstellte; es entbrannte der Krieg zwischen Granada und den Meryniden. Der Kampf endete damit, dass Abu Bakr Sa'yd der Herrschaft entsetzt ward und an seiner Stelle ein anderer Prinz desselben Hauses den Thron bestieg.

Unter diesen Verhältnissen erbat sich Ibn Chaldun die Erlaubniss zur Rückkehr nach Spanien (1374), erlitt aber das Missgeschick, auf Befehl seines früheren Gönners, des Königs von Granada, ausgewiesen zu werden. In Afrika angekommen, befand er sich in einer misslichen Lage. Die Staaten der Meryniden wollte er nicht betreten und im Gebiete des Sultans von Telmesân, den er früher ziemlich schnöde verlassen hatte, fühlte er sich nicht ganz sicher. Zwar fügte er sich dem Rufe des Sultans und begab sich nach Telmesân, suchte aber dort in einem Derwischkloster Sicherheit und benützte die erste Gelegenheit, sich dem Machtbereiche des Sultans zu entziehen. Er liess sich mit seiner Familie in Ḳal'at Ibn Salâma nieder, einem abgelegenen Städtchen der heutigen Provinz Oran. Hier blieb er vier Jahre in dem alten Schlosse, dessen Ruinen noch jetzt sichtbar sind, und hier vollendete er seine Culturgeschichte.

Um Quellenstudien für seine allgemeine Geschichte zu machen, begab er sich gegen Ende 1378 nach Tunis, wo damals unter der Herrschaft der Hafṣiden ein reges wissenschaftliches Leben herrschte und in den Moscheen und Lehranstalten reiche Büchersammlungen angehäuft waren. Der Sultan Abul-'Abbâs selbst nahm lebhaften Antheil an dem Zustandekommen seines Geschichtswerkes. Er vollendete hier auch den Theil desselben, welcher die Berberen und die Zenâta-Stämme, dann die beiden Dynastien der Omajjaden und Abbasiden, die vorislamische Geschichte behandelt und überreichte ein Exemplar der Bibliothek des Sultans. Nach vierjährigem Aufenthalte musste er aber wieder scheiden: um einer bei dem Sultan gegen ihn eingeleiteten Intrigue auszuweichen, erbat er sich die Erlaubniss zur Pilgerfahrt nach Mekka und segelte, seine

Angehörigen zurücklassend, auf einem gerade im Hafen zur Abfahrt sich bereit machenden Schiffe nach Alexandrien (1382), von wo er nach Kairo ging und bald zum Oberrichter (Kâḏy) nach malikitischem Ritus daselbst ernannt ward (1384). Er entwickelte in dieser Stellung grosse Strenge in Beseitigung zahlloser Missbräuche, ging gegen die Dywansbeamten, sowie gegen die Rechtsgelehrten und professionellen Juristen, gegen die Bewohner der Derwischzellen, die sich unter dem Scheine der grössten Frömmigkeit in alle weltlichen Geschäfte einmengten, mit grösster Energie zu Werke. Aber er machte sich auf diese Art zahllose Feinde, die ihn bei dem Sultan anschwärzten; dazu traf ihn ein schweres Unglück, indem seine Familie, die er zu Schiffe von Tunis kommen liess, in einem Sturme unterging. In dieser Lage sehnte er sich nach Erlösung und erhielt endlich die erbetene Enthebung von seinem Posten. Seine ganze Zeit widmete er nun wieder dem Studium und der wissenschaftlichen Arbeit, die nur durch die Pilgerfahrt nach Mekka unterbrochen ward.

Im Jahre 1400 begleitete er den Beherrscher Aegyptens nach Syrien auf seinem Feldzuge gegen Tamorlan (Tymurlenk), gerieth hiebei in dessen Gefangenschaft, erlangte aber bald die Freiheit, kehrte nach Kairo zurück, wo er noch mehrmals das Richteramt bekleidete und am 15. März 1406 im Alter von 74 Jahren starb. —

Den wechselvollen Lebenslauf des Mannes muss man kennen, um seine Geistesrichtung und seine wissenschaftliche Thätigkeit zu verstehen. Er lebte in der Zeit des allgemeinen Zusammenbruches der alten arabischen Welt. An die Stelle des Chalifenreiches waren schon geraume Zeit vorher zahlreiche Sultanate und Feudalherrschaften getreten, die fast fortwährend mit einander in Fehde lagen und die allgemeine Zersetzung des Bestehenden beförderten. Die Nationalitätsidee trat schon stark in den Kämpfen der Berberen gegen die Araber hervor und machte ihre Kraft als staatenbildender Factor ziemlich deutlich bemerkbar.

Auf die Beobachtung solcher Vorgänge sich stützend, stellte Ibn Chaldun seine Ansichten auf von dem Entstehen und dem Verfalle der Staaten und von dem Einflusse des nomadischen oder sesshaften Volkselementes; hierauf begründete

er seine Auffassung der Geschichte, nicht als Darstellung des
Aufeinanderfolgens der politischen Ereignisse und des Lebens-
laufes der sich ablösenden Dynastien, sondern der geistigen
und materiellen Entwicklung der Völker.

,Die Geschichte hat den Zweck, Nachricht zu geben von
der socialen Gruppirung der Menschheit, das ist: der Gesellschaft, sowie von den verschiedenen Zuständen, welchen im
naturgemässen Wege die Gesellschaft ausgesetzt ist, als: dem
wilden Leben, der Verfeinerung der Sitten, dem Gemeinsinn
der Familie und des Stammes, den verschiedenen Arten von
Ueberlegenheit, welche die Völker gegen einander erwerben
und woraus die Reiche und Dynastien entstehen u. s. w. endlich aber von allen Veränderungen, welche die Natur der Dinge
im Charakter dieser Gesellschaft bewirken kann.'[1]

An diese Definition dessen, was er für die Hauptaufgabe
der Geschichte hält, knüpft er seine Ansichten über die historische Kritik. Er bezeichnet als die letzte, aber nicht un-
wichtigste Ursache der vielfachen Irrthümer der Geschichts-
schreiber das mangelhafte Verständniss der Geschichte, die
Unkenntniss der Natur der durch die Gesellschaft geschaffenen
Verhältnisse.[2]

Denselben Gedanken entwickelt er weiter, wie folgt:
,Unter so bewandten Umständen ist die Regel, welche man
anwenden muss, um in den Erzählungen die Wahrheit von dem
Irrthum zu unterscheiden und die sich auf die Unterscheidung
des an und für sich Möglichen von dem an und für sich Un-
möglichen gründet, das Studium der menschlichen Gesellschaft,
das ist der Civilisation; dann die Unterscheidung einerseits
dessen, was in ihrem Wesen und in ihrer Natur begründet ist,
anderseits aber dessen, was accidentell und nicht weiter zu be-
rücksichtigen ist; endlich die Erkenntniss dessen, was von
vorne her ausgeschlossen ist.'[3]

Mit einer allerdings etwas kindlichen Zuversicht, die jedoch in der lebendigen Einbildung des Arabers ihre Erklärung

---

[1] I, 71 (56). Die erste Zahl bezeichnet Band und Seite der in den Notices
et Extraits erschienenen französischen Uebersetzung von de Slane, die
zweite gibt die Seite des arabischen Textes.

[2] I, 73 (57).

[3] I, 77 (61).

und Entschuldigung findet, meint Ihn Chaldun hiemit einen
unfehlbaren Prohirstein der Wahrheit entdeckt zu hahen: ‚Indem wir auf ‘diese Art vorgehen, hahen wir eine sichere Regel,
um bei den üherlieferten Erzählungen die Wahrheit von der
Lüge zu unterscheiden, das Echte von dem Falschen, und dies
durch eine demonstrative Methode, die keinen Zweifel zulässt.
Hören wir also von einem Ereignisse, das in der menschlichen
Gesellschaft sich zugetragen hahen soll, so sind wir in der
Lage, sofort zu erkennen, was wir als wahr annehmen oder
als falsch zurückweisen sollen. Wir hesitzen einen untrüglichen
Prohirstein, mittelst dessen die Historiker die Thatsachen mit
Genauigkeit zu prüfen sich unterfangen können.‘ [1]

Man sieht, dass auch hier der Orientale und hesonders der
unter der strengen Schuldisciplin der scholastisch-dialektischen
Methode stehende Araber zum Nachtheile des unhefangenen
Philosophen sich geltend macht; er stellt eine ziemlich allgemein gehaltene Regel auf und will a priori die Ereignisse
nach ihr beurtheilen, ohne zu bedenken, wie schwer es in
jedem gegebenen Falle ist, die Wahrheit zu erkennen, wie unmöglich aher, die allgemeinen Kriterien derselben für alle Fälle
im Voraus zu bestimmen und dieselhen in eine untrügliche
Formel zu fassen. Allein sehen wir von diesen Schwächen ah,
so werden wir doch in diesem Strehen des arahischen Staats-
mannes nach Erkenntniss des Gesetzes der Geschichte eine
seltene Selhstständigkeit des Forschens und Denkens anerkennen müssen, die allein schon genügen, ihm eine hervor-
ragende Stelle unter den Geschichtsphilosophen des Mittelalters
anzuweisen, deren Reihe zu eröffnen sein unbestrittenes Verdienst hleibt.

Auch darf nicht ühersehen werden, dass trotz des Weges
der Deduction, welchen Ihn Chaldun mit Aufstellung der ohigen
Regel zu hetreten scheint, er sorgfältig die Thatsachen anzu-
führen hedacht ist, aus welchen seine Lehren ihre Bestätigung
erhalten. Er geht daher, im ganzen hetrachtet, vorzüglich
inductiv vor, wie schon allein daraus erhellt, dass er, um seine
allgemeinen Ideen über Philosophie der Geschichte zu hegründen, umfassende Geschichtsstudien machte, deren Ergebnisse

---

[1] I, 77 (61).

in seiner allgemeinen Geschichte vorliegen. Dem vergleichenden
Ueberhlicke der Thatsachen legte er den höchsten Werth hei,
was ihn jedoch nicht hehinderte, auch auf speculativem Wege
die Theorien hegründen zu wollen, die er auf empirischem
Wege gefunden hatte.

Es ist also ein herechtigtes Selhstgefühl, wenn er von
seiner Arheit sagt: ‚Es ist dies eine Wissenschaft für sich,
denn sie hat vor allem ein ganz bestimmtes Ohject, nämlich
die Civilisation und die menschliche Gesellschaft, dann handelt
sie ferners von den verschiedenen Fragen, die dazu dienen,
allmälig Thatsachen zu erklären, welche mit dem Wesen der
Civilisation selbst zusammenhängen. — Die Ahschnitte, in welchen
wir diesen Gegenstand hehandeln, enthalten eine neue Wissenschaft, die ehenso merkwürdig ist durch die Originalität ihrer
Ansichten als durch die Grösse ihres Nutzens. Ich entdeckte
sie durch mühevolle Forschungen und tiefe Betrachtungen.‘ [1]

Es darf uns nicht überraschen und wir dürfen es auch
nicht für etwas anders als eine mohammedanische Redensart
ansehen, wenn Ibn Chaldun die neue Richtung der Geschichts-
forschung, welche er einschlägt, einer göttlichen Inspiration und
höheren Leitung zuschreibt, und mit dem Koranverse schliesst:
‚Denn Gott leitet mit seiner Erleuchtung den, an welchem er
Gefallen findet‘. (Sur. XXIV v. 35.)

Der Selbstständigkeit seiner Geschichtsauffassung entspricht ührigens auch vollkommen der Plan des Werkes, den
er folgendermassen entwickelt: ‚Der Mensch unterscheidet sich
von den übrigen lehenden Geschöpfen durch Eigenschaften,
die ihm eigenthümlich sind und hiezu gehören besonders die
folgenden: 1. die Wissenschaften und Künste, welche ein Pro-
duct der Reflexion sind, wodurch sich der Mensch von den
Thieren unterscheidet; 2. das Bedürfniss einer Autorität, welche
Uebergriffe zurückhält, einer Regierung, die im Stande ist ihn
zu händigen. Von allen lehenden Wesen ist der Mensch das
einzige, welches ohne dem nicht bestehen kann, denn wenn
auch die Bienen und Heuschrecken [2] etwas einer Regierung
ähnliches zeigen, so ist dies doch nur das Ergebniss des

---

[1] I, 77 (61, 62).
[2] Vgl. Sprüche 30, 27.

Instinktes und nicht der Reflexion und Ueberlegung; 3. die Erwerbthätigkeit und die Arbeit, welche die verschiedenartigsten Lebenserfordernisse liefern; 4. der Associationstrieb, das ist das Gefühl, welches die Menschen anregt, zusammen zu wohnen, sei es nun in Städten, sei es unter Zelten. Es veranlasst sie hiezu der Hang für die Gesellschaft und der Drang ihrer Bedürfnisse, denn die Natur drängt sie, gegenseitig sich zu unterstützen in der Verfolgung des Lebensunterhaltes; 5. und 6. der Zustand der Association in seiner doppelten Form, nämlich a) dem Nomadenleben und b) dem sesshaften Leben. In beiden Fällen erfährt der Zustand der Gesellschaft Veränderungen von grosser Bedeutung.'

‚Diesem Plane entsprechend theilt sich dieses erste Buch (unseres Geschichtswerkes) in sechs Abschnitte: 1. über die menschliche Association im Allgemeinen, über die Verschiedenheit der Menschenrassen und der von ihnen bewohnten Länder; 2. über die Association bei den Nomaden, unter Besprechung der halbwilden Stämme und Völker; 3. über die Regierungsformen, das Chalifat, das Königthum und die in jedem Reiche nothwendiger Weise bestehenden Staatsämter; 4. über die charakteristischen Merkmale der Civilisation des sesshaften Lebens und über die Bedeutung der Städte und Provinzen hiefür; 5. über die Gewerbe und die verschiedenen Mittel den Lebensbedarf zu erwerben und Reichthum zu gewinnen; 6. über die Wissenschaften und die Mittel sie zu erlernen und sich zu unterrichten.' [1]

Es kann nicht der Zweck dieser Abhandlung sein, Ibn Chalduns oben skizzirten Plan hier weiter zu verfolgen; es genügt, seinen Gedankengang wiedergegeben zu haben und im Folgenden das Bild seiner Geschichtsauffassung hieraus zu entwerfen.

Jedenfalls ist schon aus dieser Anlage des Werkes ersichtlich, dass er, ganz in demselben Sinne wie die moderne europäische Wissenschaft, unter Culturgeschichte die Darstellung der gesammten Thätigkeit eines Volkes auf dem grossen Gebiete des geistigen und materiellen Schaffens versteht. Und, wenn uns etwas befremdet, so ist es der Umstand, dass er als

---

[1] I, 85 (68).

Mohammedaner der Religion, als wichtigem culturgeschichtlichem Elemente, in seinem Plane keinen Platz einräumt und im Verlaufe des Werkes zwar deren Bedeutung als politisches Element anerkennt, aber die metaphysische, transcendentale Seite gänzlich unberücksichtigt lässt. Auch in diesem Punkte ist Ibn Chaldun der erste Vertreter einer Geistesrichtung, die im Abendlande erst ein halbes Jahrtausend später sich Geltung errungen hat.

II.

Einwirkung von Klima und Ernährung auf die körperliche und geistige Entwicklung.

Nach den Ausführungen des arabischen Culturhistorikers ist mit Sicherheit zu erkennen, dass er den materiellen Vorbedingungen des Lebens einen grossen und nachhaltigen Einfluss auf die Ausbildung des Rassentypus, der geistigen und körperlichen Befähigung der Völker zuschreibt. Diese in unserer Zeit neuestens vielseitig beleuchtete Frage ist also schon vor fünfhundert Jahren von Ibn Chaldun besprochen worden.

Allerdings ward derselbe Gedanke noch früher, aber auch in unbeholfenerer Weise von dem bekannten Schriftsteller Gâhiz zum Ausdrucke gebracht, der in einer seiner Schriften, gelegentlich der im Koran erwähnten plötzlichen Verwandlung von Menschen in Thiere, sich hierüber in längere Erörterungen einlässt. Er fasst die Meinungen der Philosophen (dohrijjah) zusammen, wovon besonders die hervorzuheben ist, dass, wenn auch eine plötzliche Umwandlung (mash) unmöglich erscheine, doch eine allmälige Umgestaltung durch analoge Erscheinungen in der Natur sich erklären lasse. Es wird darauf hingewiesen, dass Luft und Wasser in der Länge der Zeiten in der That einen bedeutenden Einfluss auf die Entwicklung der Menschen ausüben müssen, wie man dies am besten an den Negern (zing) und den Slaven (sakâlibah), sowie an den Bewohnern der Länder von Jâgug und Mâgug (der Tartarei) beobachten könne. — Wir sehen, fügt derselbe Autor hinzu, ähnliche Erscheinungen an den arabischen Colonisten, die sich in Chorasan ansiedelten, ebenso heohachten wir die eigenthümlichen Verhältnisse der hochasiatischen Länder und wie die Kameele, die Saumthiere und all' ihre zahmen oder wilden Thiere sich in ihrer Natur jenen Verhältnissen anpassen; so sehen wir alle auf Gemüsen oder Blumen lehenden Insecten grün gefärht, ohgleich sie unter andern Verhältnissen diese Farhe nicht hahen; so sehen wir in dem vulkanischen Landstriche (ḥarrah) des Stammes Solaim alles schwarz gefärht, sowohl Menschen als Thiere. Von vielen Personen hören wir erzählen, dass sie Menschen von den nahatäischen Bewohnern der Landschaft Mesene (maisân) gesehen hätten, die geschwänzt gewesen seien: wenn auch nicht gerade so wie das Krokodil oder wie das Pferd, noch wie die Schildkröte und der Maulwurf (gardân), so hätten sie doch so entwickelte Steissknochen gehaht, dass sie wie Schwänze aussahen. — Oft sahen wir auch, fügt Gâḥiz hinzu, nahatäische Matrosen auf den Tigrisschiffen, die wahre Affen schienen, und nicht selten kann man Leute aus Westafrika zu Gesicht hckommen, zwischen denen und den Thieren nur ein geringer Unterschied hemerkhar ist. Es ist natürlich dies den Einwirkungen der verdorhenen Luft und des schlechten Wassers, sowie des ungesunden Bodens zuzuschreihen, wo denn die Bewohner eines solchen Landstriches, welche aus Anhänglichkeit an ihre Wohnsitze den Ort nicht verlassen, unter dem langjährigen Einflusse dieser äusseren Ursachen so sich umgestalten, dass sie solchen Haarwuchs, solche rothhraune Färhung und solche affenähnliche Gestalten hekommen. [1]

Ihn Chalduns Ansicht von dem Einflusse der localen Verhältnisse auf die Menschen und ihre Cultur ist zwar nicht ganz so kindlich, stimmt aher im Gruude vollständig hiemit üherein. Er folgt den arahischen Geographen, welche die hewohnte Erde vom Aequator gcgen den Nordpol hinauf in siehen aufeinander folgende Zonen eintheilen, von welchen die zwei ersten vom Aequator nordwärts liegenden den Einwirkungen der Sonnenstrahlen und der Hitze in hohem Grade ausgesetzt sind, und deren Bewohner sich durch dunkle Hautfarhe auszeichnen, während die zwei letzten, dem Pole zunächst

---

[1] Gâḥiz: Kitâb alḥaiwân fol. 195—196 der Handschrift der Wiener Hofbibliothek. Der Text dieser Stellen folgt im Anhange I.

liegenden sich durch ihre Kälte und die weisse Hautfarbe
der Bewohner unterscheiden. Die Bewohner der mittleren
Zonen, der dritten, vierten und fünften zeichnen sich sowohl
in ihren körperlichen als geistigen Anlagen durch das richtige
Maass aus. Dies zeigt sich auch in ihrer Civilisation, ihrer
Lebensweise, ihren Wohnungen, den Künsten, Wissenschaften
und Staatseinrichtungen. Sie haben Propheten gehabt, bei
ihnen hat sich das Königthum entwickelt, sowie Dynastien,
Gesetze, Wissenschaften, Städte u. s. w. — Die Völker, welche
diesen Himmelsstrich inne haben, sind die Araber, die Römer,
Perser, Israeliten und Griechen, sowie die Bewohner Indiens
und Chinas. [1]

Um diese Ansicht zu rechtfertigen, führt Ibn Chaldun
den heiteren, sorglosen, zum Uebermuthe geneigten Charakter
der Neger an, den er aus der heissen Temperatur ihres Landes
erklärt. Der Charakter der Bewohner der Küste Nordafrikas
nähere sich deshalb auffallend dem der Neger, namentlich finde
man ganz ähnliche Charakterzüge in dem Landstriche Biledul-
gerid (Bilâd algaryd), der bekanntlich ausserordentlich heiss
ist, und auch bei den Aegyptern, deren Heimat in derselben
Breite mit der eben genannten Gegend liege, könne man diese
heitere Gemüthsstimmung, dieselbe Leichtlebigkeit und Sorg-
losigkeit beobachten. Hingegen haben die Bewohner von Fez
in Westafrika (Marokko) ganz entgegengesetzte Eigenschaften;
umgeben von rauhen Hochebenen, sind die Einwohner von
Fez das gerade Gegentheil der Aegypter: sie sind ernst, voll
Vorsicht und Fürsorge; während in Aegypten Niemand daran
denkt, für längere Zeit Vorräthe einzulegen, sondern Jeder für
seine täglichen Lebensbedürfnisse sich einfach auf den Markt
verlässt, gehen die Fezaner so weit, oft für ein Jahr Vorräthe
aufzuspeichern. [2]

Wer in der Lage war, die genannten Länder und deren
Bewohner näher kennen zu lernen, wird Ibn Chalduns Beobachtungen nur bestätigen können, denn hinsichtlich des Volks-
charakters der Aegypter, die ich durch langjährigen Aufenthalt
kennen gelernt habe, muss ich vollständig dem oben Gesagten

---

[1] I, 173 (153).
[2] I, 176 (156).

beistimmen. So elend stets dieses Volk regiert worden ist, so schwer der Steuerdruck auch ist, der von jeher auf ihm lastet, so besitzt es doch einen unverwüstlichen Vorrath von gutem Humor und heiterer Lebenslust, die über alle Bedrängnisse des Lebens obsiegen. Die Leichtigkeit der Befriedigung der unentbehrlichsten Lebensbedürfnisse und das milde Klima tragen hiezu gewiss das Meiste bei. Wie lange aber solche Verhältnisse fortwirken, zeigt der Vergleich der heutigen Zustände mit jenen der Zeit Ibn Chalduns: obgleich zwischen beiden Zeitpunkten ein halbes Jahrtausend liegt, hat sich hierin keine wesentliche Aenderung vollzogen.[1]

Die Nahrungsfrage ist die nächste, mit welcher sich Ibn Chaldun befasst. Vor allem hebt er die Thatsache hervor, dass die Wanderstämme, welche für ihren Lebensunterhalt fast nur auf die Milch ihrer Heerden und das Fleisch derselben angewiesen sind, die fast gar keine Cerealien geniessen, in ihren körperlichen und geistigen Eigenschaften weit überlegen seien den Bewohnern des Culturlandes, die in verhältnissmässig viel günstigeren Bedingungen leben. Erstere zeichnen sich durch gesündere äussere Erscheinung, durch kräftigere und besser geformte Körper aus, sie haben einen festeren Charakter und besitzen eine raschere Auffassung.[2]

An einer anderen Stelle sagt er im Gegensatze hiezu von den Städtern: ‚Sie tragen die Schamlosigkeit offen zur Schau und führen unanständige Reden, ohne sich durch die Gegenwart ihrer Verwandten oder ihrer Frauen abhalten zu lassen. Ganz anders ist es im Nomadenleben, wo die den Frauen entgegengebrachte Achtung es verhindert, dass auch nur ein unanständiges Wort vor ihnen ausgesprochen werde‘.[3]

Aehnliche Gegensätze zeigen sich auch zwischen den freien Thieren der Wüste und den zahmen Hausthieren, welche die fetten Weidegründe bewohnen. Welcher Unterschied zwischen Gazellen, Antilopen, Straussen, Giraffen, wilden Eseln und den

---

[1] Der in den ersten Jahrhunderten in Aegypten stark hervortretende Hang für ascetische Lebensweise, ist nach meiner Ansicht eine Folge der damals durch das Christenthum besonders empfohlenen Enthaltung von dem Familienleben.

[2] I, 178 (158).

[3] II, 303 (258). Vgl. meine Culturgeschichte des Orients II, 269.

zahmen Thieren, die ihnen am nächsten verwandt sind! Die
Gazelle ist die Schwester der Ziege, die Giraffe des Kameeles,
der wilde Esel und die wilde Kuh entsprechen den zahmen
Thieren desselben Namens, aber wie gänzlich anders sind nicht
beide, sei es hinsichtlich der Glätte des Felles, des Glanzes
der Haarbekleidung, der Körperformen, der Intelligenz?[1]

Denn die Art der Ernährung wirkt auch auf die physischen
und moralischen Eigenschaften. In den Gegenden, wo Ueber-
fluss herrscht, empfinden das religiöse Gefühl und die Frömmigkeit die Einwirkung dieser äusseren Verhältnisse. Unter den
Landleuten, sowie den Städtern sind Jene, die ein frugales
Leben führen, die gewohnt sind den Hunger zu ertragen und
der Genüsse sich zu enthalten, viel religiöser gestimmt und
geneigter, sich einem frommen Leben zu ergeben, als die
Reichen und an den Luxus Gewöhnten. Deshalb enthalten die
grossen Städte wenig religiöse Leute, weil man daselbst zu
üppig lebt, sich dem Genusse des Fleisches, der Fette und des
Mehles ergibt, während auf dem Lande, wo man sich auf
frugalste Art ernährt, das Gegentheil der Fall ist.[2]

Dieser Gegensatz der Einfachheit des nomadischen Lebens
und der Verfeinerung, der Genusssucht, die unter den Verhältnissen des Lebens in festen Wohnsitzen, namentlich in den
Städten sich zeigt, ist nach Ibn Chalduns Auffassung die
treibende Kraft im allgemeinen geschichtlichen Entwicklungsgange der Menschheit. Auf der einfachen Lebensweise der
Hirtenvölker beruhen der kriegerische Sinn, die Unternehmungs-
lust, während im sesshaften Leben, namentlich in den Städten,
diese Eigenschaften verloren gehen. Die Nomadenstämme aber
schreiten allmälig von ihrem primitiven Zustande der Sitteneinfalt zu grösserer Verfeinerung vor, sie werden sesshaft und
bilden nun für sich selbst eine staatliche Gemeinschaft, oder
sie bemächtigen sich durch die Gewalt einer solchen schon
bestehenden und werfen sich zu Herrschern über dieselbe auf,
indem sie hiemit auch dem Nomadenleben entsagen.[3] Unter

---

[1] I, 178 (159).

[2] I, 180 (160).

[3] Von den zahlreichen orientalischen Dynastien, welche auf diese Art gegründet wurden, genügt es hier auf die jüngste, nämlich die der Kat-
scharen zu weisen, die Persien beherrscht.

der Einwirkung der sesshaften Lebensweise, des Luxus und
der hieraus entspringenden Sittenverderbniss verlieren sie die
Eigenschaften, durch welche sie zur Eroberung und Herrschaft
befähigt wurden, und fallen selbst nun demselben Processe
zum Opfer.

Diese Auffassung des Verlaufes der Geschichte ist offenbar
einseitig, denn nur in den besonderen Verhältnissen des Orients,
bei gering entwickelten Culturzuständen findet sie ihre Anwendung, wenngleich wir nicht werden umhin können, Ibn
Chalduns Princip mit solchen Einschränkungen als richtig
anzuerkennen.

III.

Die idealen Grundlagen des Volkslebens.

Es gehört zu den Eigenthümlichkeiten der Geschichtsauffassung Ibn Chalduns, dass er den moralischen Kräften,
den idealen Grundlagen des Volkslebens eine nicht geringere
Wichtigkeit zuerkennt, als den materiellen. Unter dem alles
nivellirenden Einfluss der mohammedanischen Weltanschauung,
welche sprachliche und intellectuelle Verschiedenheit der unter
das Joch des Islams geschmiedeten Völker so vollkommen zu
missachten geeignet ist, muss es um so mehr überraschen, dass
er das trennende und abstossende Element, welches in der
Rassenverschiedenheit liegt, so scharf aufzufassen und so klar
zu beurtheilen verstand.

Ausser allen materiellen Gegensätzen, wie sie sich schon
aus der Gliederung der Gesellschaft in das sesshafte, städtische
und das ländliche, dem Ackerbau obliegende oder das nomadische Element ergeben, findet er eine rein ideale Kraft, welche
die einzelnen Menschengruppen zusammenhält und diese bezeichnet er mit einem Ausdrucke, der am besten durch
Gemeinsinn übersetzt wird und diesen lässt er aus dem
Nomadenleben hervorgehen, in welchem er am wirksamsten
und deutlichsten zum Ausdrucke kommt. [1]

---

[1] Das Wort 'aṣabijjah, welches hier durch Gemeinsinn übersetzt wird, gibt
de Slane durch esprit de corps wieder und es entspricht in vielen Fällen
fast ganz dem modernen Ausdrucke ‚Nationalitätsidee‘. Das Wort selbst,

Versetzen wir uns in die primitive Epoche des Nomadenlebens, wo die einzelnen Menschengruppen, jede für sich, ihr unstätes Leben führten, stets besorgend angegriffen zu werden und desshalb auch stets bereit Gut und Habe, Weiber und Kinder, die Heerden und das Gesinde gegen feindliche Ueberfälle zu vertheidigen. Das Bewusstsein der Zusammengehörigkeit wirkt unter solchen Umständen um so stärker und um so kräftiger, da die meisten Mitglieder eines Stammes von Nomaden in verwandtschaftlichen Beziehungen stehen. Jeder fühlt sich als Theil des Ganzen und für einen stehen alle ein. Solche Gefühle bilden sich am kräftigsten bei den Wanderstämmen der Wüste aus und desshalb sind diese auch so stark und so furchtbar, denn jeder einzelne Krieger eines Stammes hat nur einen Gedanken, nämlich den, seinen Stamm und seine Angehörigen zu schützen und zu vertheidigen; wer ohne verlässliche Helfer und Gefährten dasteht, muss unterliegen im Kampfe des Lebens![1]

Da der Gemeinsinn, die Bereitwilligkeit zu gegenseitiger Hilfeleistung und Unterstützung wesentlich eine Wirkung der Familienbande, der Verwandtschaft und des Bewusstseins der gemeinsamen Abstammung sind, so ergibt es sich von selbst, dass die Heiligkeit der verwandtschaftlichen Beziehungen hoch gehalten ward, dass man dieselben bis in die entferntesten Verzweigungen verfolgte, denn hiedurch gewann ja der Stamm, dem man angehörte, Ansehen, Einfluss und Macht. Clienten und Sclaven galten als Familienglieder und betrachteten sich selbst als solche, indem sie an allen diesbezüglichen Rechten und Pflichten theilnahmen. In diesem Sinne wird man nun wohl auch den Ausspruch des Propheten zu würdigen verstehen, welcher lautet: ‚Lernet eure Genealogien, um zu wissen, wer eure nächsten Verwandten sind‘.

---

obwohl von Ibn Chaldun zuerst in dieser Bedeutung gebraucht, findet sich bei Ibn Fâris († 390 H.) dem Verfasser des Mogmal, noch nicht. Hingegen hat es Gauhary im Ṣaḥâḥ in der Bedeutung von: Parteinahme. Es ist von ʿaṣabah abgeleitet, das die Verwandten von väterlicher Seite bezeichnet und dieses Wort geht auf ʿaṣab zurück, das die Muskelbänder bezeichnet. Die Grundbedeutung der Wurzel ʿaṣb ist: binden, zusammenhalten.

[1] I, 269 (234).

Die grosse Bedeutung, die man im arabischen Alterthume nach übereinstimmenden Berichten der Kenntniss der Genealogien beilegte, wird hiedurch begreiflich; der Nachweis der gleichen Abstammung konnte dem Stamme, so wie dem Einzelnen Verbündete und Helfer in der Stunde der Gefahr verschaffen. [1]

Eine andere Folge der vom Verkehr mit den Fremden gänzlich abgeschnittenen Lebensweise der Wüstenstämme ist es, dass sie meist nur unter sich heirathen und daher die Reinheit der Rasse bewahren; nimmt die Vermischung mit Fremden überhand, so verliert der Stamm dadurch die Eigenart, den Sinn für die verwandtschaftlichen Beziehungen, es schwächt sich der Gemeinsinn (das Nationalitätsgefühl) ab und allmälig geht der Stamm seinem Verfalle entgegen. [2]

Auf dieser durch die Schilderung der Stammesorganisation gewonnenen Grundlage entwickelt Ibn Chaldun seine Theorie über das Entstehen, die Ausbildung und den Verfall der Reiche und Nationen.

Der wichtigste Factor ist hier, wie bereits bei dem Stamme nachgewiesen wurde, der Gemeinsinn oder wie wir in der modernen Ausdrucksweise sagen würden, die Nationalitätsidee. Keine Herrschaft oder Dynastie, sagt Ibn Chaldun, kann begründet werden ohne Unterstützung der Stammesangehörigen (des Volkes) und des Gemeinsinnes (d. i. ohne einen starken nationalen Gedanken). [3]

Dieser Gemeinsinn ist es, der allein über die Lebenskraft und Dauer der Reiche entscheidet, denn er bildet gewissermassen den belebenden Geist des Staates, je stärker er ist, desto stärker ist der Staat und desto länger ist sein Bestand gesichert. Am besten aber entwickelt sich dieser Gemeinsinn unter den grossen Massen. [4]

Der nächste ebenso wichtige staatenbildende Factor ist nach Ibn Chaldun, der hierin getreulich die Erfahrungen der morgenländischen Geschichte seit dem Auftreten des Islams sich gegenwärtig hält, die Religion.

[1] I, 270 (234).
[2] I, 273 (238).
[3] I, 318 (277).
[4] I, 335 (294).

Durch die Eroberung, sagt er, werden die Reiche gegründet; um Eroberungen zu machen, braucht der Führer der
Unternehmung eine starke Stütze und eine ergebene, von demselben Gemeinsinne belebte Masse von Anhängern. Nun ist
aber die Religion das kräftigste Mittel, die Einstimmigkeit der
Gefühle und Ueberzeugungen herzustellen, besonders die Eifer-
süchteleien zwischen den einzelnen Stämmen eines von einem
starken Gemeinsinn belebten Volkes verschwinden zu machen.
Bekommt ein solches Volk, geeinigt durch eine religiöse Ueberzeugung den Anstoss nach einer bestimmten Richtung hin, so kann
ihm nichts widerstehen. Die Bevölkerung des Reichs, dessen
Eroberung bezweckt wird, mag noch so zahlreich sein, getrennt
durch ihre Interessen, ohne einigende Idee, muss sie jenem
unterliegen. An einer andern Stelle sagt er: ‚Bei den Kriegen
hängt der Erfolg gewöhnlich von moralischen Ursachen ab,
die auf den Geist und die Einbildung wirken; die grössere
Truppenzahl, die Vorzüglichkeit der Waffen und die Uner-
schrockenheit des Angriffes genügen zwar manchmal, um den
Sieg zu sichern, aber diese Hebel sind minder wirksam als
die moralischen Eindrücke‘. [1]

Besiegt, verschwindet das unterworfene Volk ausserordentlich rasch in Folge der verweichlichten Sitten und der Ent-
artung. [2]

Es wird zu dieser Darstellung allerdings nicht unbemerkt
bleiben dürfen, dass, wenn er den Gemeinsinn und die Religion
als die maassgebendsten und die wirkungsvollsten Elemente
der Staatenbildung kennzeichnet, er doch sich vollkommen
Rechenschaft davon gab, dass zwischen beiden ein grosser
Unterschied hinsichtlich der zeitlichen Reihenfolge ihres Auf-
tretens und Einwirkens besteht. Denn während er die Entstehung des primitivsten Staatswesens ausschliesslich aus dem
Gemeinsinne der Stammesmitglieder und dem Bedürfnisse des
gegenseitigen Schutzes ableitet und den Gemeinsinn als den
ersten Kitt dieser ältesten Gesellschaft anerkennt, weiss er
sehr wohl, dass in jener Urzeit von Religion keine Rede sein
konnte, dass also die Wirkung der Religion, als staatenbildenden

---

[1] II, 133 (120).
[2] I, 307 (268).

Elementes, zeitlich weit später eintritt. Er bemerkt deshalb auch an einer anderen Stelle seines Werkes: ‚Diejenigen Völker, welche eine Offenbarung besitzen und den Vorschriften der verschiedenen Propheten folgen, sind wenig zahlreich im Vergleiche zu den Heiden, die keine Offenbarung besitzen. Diese bilden den überwiegenden Theil der Bevölkerung der Erde und trotzdem hatten sie ihre Dynastien und haben Denkmäler ihrer Macht zurückgelassen'. [1]

Er zeigt hiemit, dass, so wichtig auch ihm als gläubigem Muselmann und als Kenner der Geschichte der mohammedanischen Staaten die Religion für die Entstehung und den Bestand der Staaten erscheinen musste, er doch vollkommen von deren untergeordneter Bedeutung als staatenbildendes Element gegenüber der Nationalitätsidee überzeugt war.

IV.

Die Formen der Gesellschaft.

Unter den im Oriente gegebenen geographischen Verhältnissen, die auch in den der arabischen Herrschaft unterworfenen Landstrichen Nordafrikas dieselben sind wie in Asien, zeigt sich uns die Gesellschaft in zwei wesentlich verschiedenen Erscheinungsformen: in dem nomadischen Zustande und im sesshaften Leben. Beide sind die nothwendige Folge der äusseren Bedingungen, unter welchen dort die Gesellschaft sich ausbildete.

Ein Blick auf jenes Ländergebiet, welches der Herrschaft des Islams unterworfen ist, überzeugt uns, dass überall grosse Strecken wüsten und culturunfähigen Bodens sich zwischen das bebaute Land einschieben. Ganz abgesehen von Arabien, dessen Culturgebiete fast wie Oasen in der sie umgebenden Wüste erscheinen, zieht sich eine nicht minder ausgedehnte, dem grössten Theile nach nur für Viehzucht verwendbare Hochebene zwischen Syrien und dem Euphratgebiete hin. Aegypten ist zu beiden Seiten des Nilthals von weiten, dem Ackerbau unzugänglichen, theils steinigen, theils sanderfüllten

---

[1] I, 90 (72).

Einöden eingeschlossen. Selbst Persien wird, trotzdem es im Alterthume nächst Babylonien zu den bestcultivirten Ländern gehörte, von weiten unbewohnten und dürren Landstrichen durchzogen.

Seit den ältesten Zeiten der geschichtlichen Ueberlieferung ist daher dieses vorderasiatische Ländergebiet, ebenso wie das nordafrikanische Küstenland, der Sitz eines eigenthümlichen Nomadenlebens gewesen, das sich von den Tagen der biblischen Patriarchen, durch alle Jahrhunderte hindurch bis in die Gegenwart mehr oder weniger unverändert erhalten hat, während auf dem culturfähigen Gebiete, oft in unmittelbarer Berührung mit dem Nomadenthum und theils aus demselben hervorgegangen, uralte Städte und bürgerliche Gemeinwesen sich bildeten, die in ihrem Gebiete und so weit sie Schutz gegen die Eingriffe der Nomaden gewähren konnten, auch sesshafte Landbebauer beherbergten.

Dieser in das höchste Alterthum zurückreichende Zusammenhang und Wechselverkehr zwischen dem Nomadenelement und den grossen Städten, sowie den sesshaften Gemeinwesen, hatte auch die Folge, dass sich die höhere Cultur dieser den wandernden Hirtenstämmen in gewissem Grade mittheilte und unter ihnen ein regeres Culturleben sich zu entwickeln begann, das schon in den ältesten Urkunden des hebräischen Volkes deutlich zu erkennen ist und später bei den Arabern einen ziemlich hohen Grad der Verfeinerung erreichte.

Es ist nach dem Gesagten leicht zu begreifen, wie es kommt, dass der arabische Culturhistoriker die Erscheinungsformen des Volkslebens in die zwei grossen Classen des Nomadenthums und des sesshaften Lebens scheidet,[1] von denen er ersteres natürlich als die ältere bezeichnet.

Er macht hiebei einen Unterschied zwischen den verschiedenen, der ersten Classe angehörigen Völkerstämmen und stützt sich auf seine eigenen Wahrnehmungen, denn zu seiner Zeit bestand, sowie noch heutzutage, das Nomadenthum in Nordafrika und Vorderasien unverändert fort.

Die einen züchten Schafe, Rinder oder Ziegen und brauchen für ihre Weideplätze saftige Gründe, aus welcher Ursache sie

---

[1] I, 254 (220).

nicht weit in die Wüste vordringen. Unter diese Classe rechnet Ibn Chaldun die Berberen, die Slaven, Türken und die diesen verwandten Turkomanen. Ganz anders aber verhält es sich mit jenen Stämmen, die sich vorzüglich der Zucht der Kameele widmen. Diese sind gezwungen, tief hinein in die Wüsten sich zu begeben, denn das Kameel bedarf der Wüstenpflanzen zur Nahrung, es muss das brackige Wasser der Wüste trinken und sich in diesen Strichen im Winter aufhalten, wo es nicht nur eine laue, trockene Luft findet, sondern auch jene mit feinem Sande bedeckten Stellen benützen kann, um die Jungen zu werfen.

Man weiss, dass das junge Kameel von der Geburt an bis zum Augenblicke seiner Entwöhnung ausserordentlich schwer zu erziehen ist und vor allem der Wärme bedarf. Diese mit der Kameelzucht beschäftigten Nomadenstämme halten sich also vorzüglich in der Wüste auf, welche sie nach allen Richtungen durchwandern. Von den Grenzen des Culturlandes zurückgewiesen, wo man sie fürchtet und hasst, sind sie fast gänzlich auf das Leben in der Wüste beschränkt und gelten deshalb bei den Städtern als wild, unbezähmbar und raubsüchtig. Zu dieser Classe gehören die arabischen Nomadenstämme, dann die nomadischen Berberen in Afrika, die Kurden und einige turkomanische und türkische Stämme im Oriente. Am meisten aber von allen sind die Araber an das Wanderleben der Wüste gewöhnt, weil sie fast ganz der Kameelzucht obliegen, während jene ausserdem auch Schafe und Rinder züchten. [1]

Diese Scheidung des Volkslebens in das nomadische und das sesshafte ist von grosser Wichtigkeit für die Erkenntniss jener Länder und es darf hiebei nicht vergessen werden, der Unterabtheilung in Ganznomaden und Halbnomaden Rechnung zu tragen, welch letztere die Uebergangsstufe zur sesshaften Bevölkerung bilden, aus welcher das Städtewesen hervorgegangen ist. Es wird sich nämlich später zeigen, von welchem Einflusse auf die politische Geschichte der einzelnen Länder des Orients es war, welches von diesen verschiedenen Volkselementen in jedem derselben die Oberhand hatte. Die Stabi-

---

[1] I, 257 (223).

lität der politischen Einrichtungen des Orients stand nämlich in directem Verhältnisse zu dem Ueberwiegen des Ackerbau treibenden und städtischen Elementes über das nomadische.

V.

Entstehung und Verfall der Staaten.

Haben wir im Vorhergehenden gesehen, dass der arabische Geschichtsphilosoph den Bestand der Reiche auf den Gemeinsinn und die Religion gründet, so kann es uns nicht überraschen und wir werden es nur als logische Folge dieses Vordersatzes erkennen, wenn er weiters die Ansicht vertritt, dass in Ländern, die von zahlreichen Stämmen und verschiedenen Völkerschaften bewohnt sind, schwer ein Reich entstehen könne. Er begründet diese Behauptung auch damit, dass eben in einem solchen Lande eine Menge verschiedener Bestrebungen und Denkarten herrschen, deren jede ihre Anhänger und Vertheidiger besitze, aus diesem Grunde seien Aufstände gegen die bestehenden Behörden äusserst häufig und wenn auch die Regierung sich auf die Ergebenheit ihrer Partei stütze, so sei es doch vergeblich, denn die unter ihrer Herrschaft stehenden Stämme besitzen jeder für sich seinen besonderen Gemeinsinn (Nationalität) und jeder hält sich für stark genug, um selbstständig sein zu wollen.

Als Beleg für diese Behauptung werden die Ereignisse angeführt, die in Nordafrika vom Beginne des Islams bis in die Zeiten Ibn Chalduns sich abspielten. ‚Die Bevölkerung jener Gegenden besteht aus Berberen, die in zahlreiche Stämme sich scheiden, wovon jeder von einem lebhaften Gemeinsinne beseelt ist. Als die Araber sie mit dem Schwerte unterworfen und zum Islam bekehrt hatten, benützten sie jeden Anlass sich zu erheben und den aufgedrungenen Glauben abzuschwören. Nicht wenig trug hiezu der Umstand bei, dass die Berberen nomadisch lebten und in Stämmen organisirt waren, wodurch sich der Gemeinsinn der Familie und des Stammes äusserst lebhaft erhielt.‘ [1]

---

[1] I, 337 (296).

,Ganz anders verhält es sich hingegen in jenen Ländern, wo der Gemeinsinn und die Stammesverbrüderung nicht besteht; dort hat der Machthaber keinen Aufstand zu besorgen, denn Erhebungen sind dort äusserst selten. So ist es', fährt Ibn Chaldun fort, ,in unseren Tagen in Syrien und Aegypten, denn daselbst ist das Volk nicht in Stämme gegliedert. Vorzüglich gilt dies aber von Aegypten: der Beherrscher dieses Landes ist vollkommen sicher gegen Aufstände und Unbotmässigkeit. Es gibt daselbst nur zwei Parteien: den Machthaber (mit seinem Anhange) und an blinden Gehorsam gewöhnte Unterthanen. Die Regierung, geleitet von einem Fürsten türkischer Abkunft und von Schaaren von verlässlichen Anhängern derselben Nationalität unterstützt, geht von einem Machthaber auf den andern über.'[1] — ,Ein ähnlicher Zustand der Dinge besteht jetzt in Spanien, wo gegenwärtig Ibn Aḥmar herrscht. Als die Dynastie dieses Fürsten zuerst auftrat, war sie ziemlich schwach und hatte wenig Truppen. Sie entsprang aus einer arabischen Familie, die im Dienste der Ommajjaden gestanden war und von der nur mehr eine kleine Anzahl sich erhalten hatte. Als die arabische Oberherrschaft gestürzt und durch die berberischen Dynastien der Almoraviden und der Almohaden verdrängt ward, wurde die arabische Bevölkerung Spaniens durch die siegreichen Berberen so hart und gewaltthätig behandelt, dass sie gegen ihre neuen Beherrscher bald von Ingrimm und Erbitterung erfüllt war. Als nun die Almohaden-Macht allmälig ihrem Ende sich näherte, traten die Prinzen dieses Hauses dem christlichen Könige von Castilien eine grosse Anzahl von festen Plätzen ab in der Hoffnung von ihm Unterstützung zu erhalten, um Marocco (die Hauptstadt des Almohaden-Reiches) zurückerobern zu können (welche Stadt seitdem in die Gewalt der Meryniden gekommen war). Diesen Anlass benützten alle alten arabischen Familien, die noch in Spanien geblieben waren und ihren nationalen Geist bewahrt hatten, um sich zu vereinigen. Ihrem Ursprunge getreu hatten sie wenig Neigung sich in den Städten niederzulassen und feste Wohnsitze zu wählen, sondern blieben dem Kriegshandwerke zugethan. Ibn Hud (der Fürst von Saragossa), Ibn Aḥmar (Fürst von Granada)

---

[1] I, 338 (297).

nnd Ibn Mardanysh (Herrscher von Ostandalusien) entstammten solchen arabischen Familien. Der erste riss die Führung an sich, liess in Spanien die geistliche Oberhoheit der Abbasiden-Chalifen proclamiren, rief das Volk zum Kampfe gegen die Almohaden auf und trieb sie aus dem Lande. Bald aber suchte der Fürst von Granada sich der höchsten Gewalt zu bemächtigen und da er die geistliche Oberhoheit der Chalifen nicht anerkennen wollte, so liess er Ibn Aby Ḥafṣ, den Führer der Almohaden in Afrika, König von Tunis, als Souverän proclamiren und für ihn, als solchen, das öffentliche Gebet verrichten. Es genügte ihm, um sich der Herrschaft zu bemächtigen, ein ziemlich schwacher Anhang grösstentheils aus den Mitgliedern seiner eigenen Verwandtschaft bestehend; er brauchte keine stärkere Macht, da der Stammgeist kaum mehr unter der Bevölkerung dieses Landes bestand. Es gab daselbst nur Herrscher und Unterthanen.'[1]

Diese Bemerkungen über den Unterschied zwischen Ländern, wo der Stammgeist fortbesteht und solchen, wo er bereits geschwunden ist, lassen sich noch in anderer Richtung vervollständigen. Vor allem müsste anf Arabien selbst hingewiesen werden, wo die Stammesorganisation in voller Kraft sich erhalten hat, und aus diesem Grunde auch nie eine feste Regierung sich für längere Zeit behaupten konnte. Aber selbst auf andere Gebiete lässt sich derselbe Grundsatz anwenden, denn worin sonst als in der Zersplitterung in einzelne mit starkem Selbstgefühl ausgestattete Stämme, deren jeder seine Eigenart wahrte, liegt die Ursache der politischen und kriegerischen Ohnmacht Griechenlands gegenüber den Römern? Und derselbe Grund findet im vollstem Maasse auf die ganze mittelalterliche Geschichte Deutschlands im Vergleiche mit jener Frankreichs seine Anwendung: hier starke Königsmacht und eine geeignete Nation, denn in Gallien hatten schon die Römer alle Stammesunterschiede verwischt und mit Blut und Eisen die Nation zu einer compacten Masse zusammengeknetet, während in Deutschland die nralte Stammesgliederung mit mehr oder weniger stark ausgeprägter Individualität sich fast bis in die Gegenwart erhalten hat und erst jetzt zu schwinden

---

[1] I, 340 (298).

beginnt, nachdem die kriegerischen und politischen Erfolge der neuesten Zeit die Nationalitätsidee zur stärkeren Geltung gebracht haben.

Es ist gut von Zeit zu Zeit sich solche Rücklicke zu gestatten und hiedurch die Ueberzeugung aufzufrischen, dass Verhältnisse, die vor tausenden von Jahren bestanden, auf die Gestaltung der Gegenwart noch die entschiedenste Nachwirkung ausüben und dass die ganze Culturentwicklung der Völker das Ergebniss eines nach unendlichen Jahresreihen zählenden Processes ist, dessen Anfang wir nur errathen, über dessen Schluss aber wir in vollster Unwissenheit sind und auch bleiben.

Kehren wir nach diesen Bemerkungen wieder zurück zu unserem Geschichtsphilosophen und folgen wir ihm weiter in der Entwicklung seiner Ideen, so ist seine Ansicht über den Verlauf der Geschichte zunächst der Gegenstand, welcher unsere Aufmerksamkeit in Anspruch nehmen muss.
Der natürliche Entwicklungsgang ist nach Ibn Chaldun folgender: ‚Entstehung der Gesellschaft in Folge des dem Menschen angebornen Geselligkeitstriebes — Stammesbildung — vorherrschender Einfluss eines Stammes und Entstehung des Königthums — Ausbildung des Königthums, Uebergang vom nomadischen Leben zum sesshaften — Entstehung der Städte — Zunahme des Luxus mit zunehmender Civilisation — Verfall der Macht und endlich Untergang des Reiches, an dessen Stelle ein jüngeres, deshalb aber kräftigeres und lebensfähigeres tritt. — Dieser Process wiederholt sich ins Unendliche‘.

An verschiedenen Stellen spricht sich Ibn Chaldun in diesem Sinne aus und deren Inhalt fasse ich hier zusammen: ‚Die natürliche Lebensdauer des Menschen ist nach den Aerzten und Astronomen von hundert und zwanzig Jahren und zwar von jenen, welche die Astronomen grosse Mondjahre nennen. Aber diese Lebensdauer ist nicht gleich bei den verschiedenen Rassen, indem deren Länge bestimmt wird durch die Gestirnconjuncturen. Oefters überschreitet sie diese Jahreszahl und manchmal erreicht sie dieselbe nicht. So leben manche, die unter besonderen Gestirnconjuncturen geboren sind, bis hundert Jahre, andere bis fünfzig und wieder andere bis achtzig oder neunzig. Für die gegenwärtige Menschenrasse ist die Lebensdauer von sechzig his siebzig Jahren, wie dies auch in einem Ausspruche des Propheten bestätigt wird'.

‚Auch die Dauer der Reiche wechselt nach den Conjuncturen der Gestirne, überschreitet aber in der Regel nicht drei Generationen. Das Lehen einer Generation hat die Länge der mittleren Lebensdauer des Menschen, nämlich vierzig Jahre.'

‚Die Dauer eines Reiches erstreckt sich nun gewöhnlich nicht über drei Generationen. In der That, die erste Generation hewahrt ihren Charakter als Nomadenvolk, die rauhen Gewohnheiten des wilden Lehens, die Mässigkeit, Tapferkeit, Raublust und die Gewohnheit der Theilung der obersten Gewalt. Auf diese Art bleibt der Stammessinn dieser Generation in voller Kraft, ihr Schwert ist immer schneidig, die Nachbarschaft eines solchen Stammes ist gefürchtet und die fremden Stämme lassen sich von ihm hesiegen. Der Besitz der Herrschaft und das daraus entspringende Wohlbefinden wirken auf den Charakter der zweiten Generation: hei ihr werden die Sitten und Gewohnheiten des nomadischen Lehens verdrängt durch die des sesshaften Lebens, die Noth hat sich in Wohlstand verwandelt und die Theilung der Herrschaft in Autokratie. Ein Einziger üht alle Autorität aus, das Volk, zu lässig um den Versuch zu machen dieselbe wieder zu erobern, tauscht die Herrschlust aus gegen die Erniedrigung und die Unterwürfigkeit. Der Gemeinsinn, der es belebte, schwächt sich in gewissem Maasse, aher immer hemerkt man, dass diese Generation, ungeachtet ihrer Erniedrigung, noch ein gut Theil der Eigenschaften sich erhalten hat, die sie von der vorhergegangenen Generation überliefert hekam. Sie hat deren Sitten, deren Stolz, ihre Ruhmsucht, die Kampflust gegen den Feind gekannt; aus diesem Grunde kann sie den ursprünglichen Geist nicht ganz einbüssen. Sie hofft sogar eines Tages alle diese Vorzüge der ersten Generation wieder zu erlangen, vielleicht schmeichelt sie sich sogar dieselben noch zu besitzen.'

‚Die dritte Generation hat vollständig das Nomadenleben und die einfachen Sitten der Wüste vergessen; sie kennt nicht mehr den Reiz des Ruhmes und des Gemeinsinnes, indem sie gewohnt ist dem Gebote eines Meisters sich zu fügen; der Luxus erreicht unter ihr die höchste Stufe, indem sie sich in alle Genüsse des Lehens stürzt. Eine solche Volksmenge ist eine Last für das Reich; wie die Frauen und Kinder brauchen sie einen Schutzherrn; der Gemeinsinn ist bei ihnen gänzlich erloschen, der Muth, sei es um die Ihrigen zu vertheidigen, sei es um den Feind anzugreifen, fehlt ihnen gänzlich und dessenungeachtet suchen sie die Masse zu täuschen durch ihre kriegerische Ausrüstung, ihre Gewänder, schönen Pferde und ihre ritterliche Gewandtheit. Alles das ist Spiegelfechterei, denn sie sind gewöhnlich feiger als die Frauen; werden sie angegriffen, so sind sie unfähig zum Widerstande und der Fürst stützt sich nothgedrungen dann auf Fremde von anerkannter Kriegstüchtigkeit; er umgibt sich mit Freigelassenen und Clienten in einer Zahl, die zur Vertheidigung der Herrschaft genügend scheint.‘

‚Dies sind also die drei Generationen, im Verlaufe welcher die Reiche altern und verfallen.‘

‚In der vierten Generation schwinden die Macht und der Glanz gänzlich.‘

‚Die Dauer der drei Generationen ist hundertzwanzig Jahre und gilt gewöhnlich für eine Dynastie, es sei denn, dass ausnahmsweise Zustände einwirken. Verlängert sich die Dauer des Reiches noch mehr, so geschieht dies, weil Niemand daran denkt es anzugreifen; aber es ist dies ein ganz zufälliger Umstand; der Verfall erreicht es immer, wenn es auch von Niemand bedroht wird. Hätte sich früher ein Feind eingestellt, so würde er keinen Widerstand gefunden haben. Zuletzt kommt doch der Zeitpunkt des Sturzes (des Reiches), den Niemand um eine Stunde beschleunigen oder hinausschieben kann.‘

‚Die Reiche haben also, wie die Individuen eine Existenz, ein Leben, das ihnen eigen ist, sie wachsen, erreichen die Reife und beginnen dann zu verfallen.‘[1]

‚Die Entwicklungsphasen, die jedes Reich durchzumachen hat, sind mehrere. Dieselben üben auf den Charakter jener, die das Reich stützen (der herrschenden Partei), einen Einfluss aus und theilen ihnen Eindrücke mit, die ihnen früher fremd waren, denn der Charakter der Menschen hängt von der Lage ab, in der sie sich befinden. Diese Entwicklungsphasen im Leben der Staaten können gewöhnlich auf fünf beschränkt werden.‘

―――

[1] I, 347 (306).

‚Die erste Phase ist der Zustand des Sieges, der Niederwerfung des Widerstandes, des Vollbesitzes der Herrschermacht, nach Entreissung derselben aus den Händen der früheren Herrschaft. Während dieser Periode theilt der Fürst die höchste Gewalt mit den Mitgliedern seines Stammes; er lässt sie an der Regierung und Steuereinhebung, sowie an der Vertheidigung des Staates theilnehmen; er misst sich durchaus keinen besonderen Vorrang bei, denn der Gemeinsinn, welcher das Volk zum Siege geführt hatte und der noch in alter Kraft besteht, zwingt ihn hiezu.‘

‚In der zweiten Phase bemächtigt sich der Fürst ausschliesslich der Herrschaft, schliesst jene (d. i. seine alten Stammgenossen) von der Theilnahme aus und schlägt die Versuche jener zurück, welche die Macht mit ihm zu theilen beabsichtigen. So lange diese Periode andauert, bemüht er sich, durch Gunstbezeugungen der Unterstützung einflussreicher Männer sich zu versichern, Clienten und Parteigänger in grosser Menge an sich zu ziehen, um jeden Versuch der Widersetzlichkeit seines Stammes oder seiner Verwandten, die mit ihm die Herrschaft theilen möchten, zu unterdrücken. Er sucht sie allmälig von jeder Theilnahme an der Regierung auszuschliessen, bis die oberste Gewalt ihm allein gesichert ist, und nur seine nächsten Familienmitglieder allein im Genusse der Herrlichkeit bleiben, die er für sie begründet. Er reibt seine Kräfte auf in der Abwehr eben so sehr und noch mehr als seine Vorgänger, welche das Reich eroberten. Diese hatten nur ein fremdes Volk zu bekämpfen und hatten hiezu der Beihilfe eines ganzen Stammes, der von demselben Gemeinsinne durchdrungen war, sich versichert, während jetzt der Sultan seine nahen Verwandten zu bekämpfen hat, ohne andere Helfer als eine kleine Anzahl von Fremden (Soldtruppen).‘

‚Die dritte Phase ist die der Vollendung und der Erholung. Der Sultan erfreut sich nun der Früchte seiner Bemühungen, als Gebieter über das Reich kann er sich dem Hange hingeben, der die Menschen antreibt, Reichthümer zu erstreben oder dauernde Denkmäler ihres Ruhmes zu hinterlassen, oder sich einen hohen Namen zu erwerben; er thut sein Möglichstes in Einhebung der Steuern, in der Controle der Einnahmen und Ausgaben, in der Bemessung der Rationen

(und Gehalte), sowie der Oekonomie hierin, er baut prächtige
Palläste, feste Burgen und ausgedehnte Städte, hehre Tempel;
er beschenkt königlich die an seinem Hoflager erscheinenden
Grossen der fremden Völker und Häuptlinge der Stämme; er
spendet Wohlthaten an seine Verwandten, schenkt Geld und
Ehren seinen Anhängern und Dienern, er inspicirt selbst die
Soldtruppen, weist ihnen regelmässig ihre Rationen zu und
zahlt ihnen ihre Löhnung Monat für Monat, so dass sich
die Wirkung davon selbst in ihrer Kleidung, Ausrüstung und
Bewaffnung an den Festtagen zeigt; er überbietet hiedurch
die befreundeten Mächte und flösst den feindlichen Schrecken
ein' u. s. w.

,Die vierte Phase ist eine Periode der Genügsamkeit und
der Friedensliebe: der Fürst, befriedigt mit dem von seinen
Vorfahren ihm übertragenen Ruhme, lebt im Frieden mit den
andern Fürsten und ahmt sorgfältig das Verhalten seiner Vorfahren nach; durchdrungen von der Ueberzeugung ihrer Weis-
heit hielte er sich für verloren, wenn er von dem durch sie
ihm gegebenen Beispiele abwiche.'

,Die fünfte Phase hat die Misswirthschaft und Verschwen-
dung zur Begleitung, der Fürst gibt in Genusssucht und Schwel-
gereien die von seinen Vorfahren angesammelten Schätze aus,
verschwendet reiche Geschenke an seine Günstlinge und Gehalte an die Werkzeuge seiner Lüste, denen er hohe Aemter
überträgt, die anszufüllen sie unfähig sind. Er verletzt hiemit
das Selbstgefühl der leitenden Männer seines Volkes und jener,
die ihr Vermögen der Grossmuth seiner Vorfahren verdanken,
bis sie es ihm nachtragen und sich von ihm zurückziehen; bis
die Soldtruppen von ihm abfallen, weil er ihre Löhnung auf
seine Gelüste ausgegeben hat ohne sich je um sie zu bekümmern.
So zerstört er was von seinen Vorfahren gegründet worden
und reisst er nieder, was sie gebaut.' [1]

Der Verlauf der Geschichte ist also, wie sich aus obigen
Stellen mit Sicherheit erkennen lässt, ein Kreislauf und wieder-
holt sich fort und fort. Dass diese Ansicht nicht erst von
Ibn Chaldun aufgestellt ward, sondern schon früher von den
Denkern des Orients ersonnen worden sei, können wir daraus

---

[1] I, 356 (314 ff.).

entnehmen, dass auch Ihn Sah'yn, der seiner Zeit hoch-
berühmte Philosoph, an welchen Kaiser Friedrich II. eine Anzahl philosophischer Fragen richtete, in einem seiner Werke,
welches vorwiegend die Ansichten des unter dem Namen des
Sufismus hekannten morgenländischen Mysticismus zu vertreten
scheint, sich in ähnlichem Sinne geäussert haben soll. Auch
ist uns eine Stelle aus dem Werke eines seiner Schüler erhalten, die besagt, dass durch Vermittlung der Prophetie die
Wahrheit und die Wegeleitung nach der Blindheit und der
Verirrung sich offenbare, auf sie folge das Chalifat (die ver-
einigte geistliche und weltliche Souveränität), dann das weltliche
Königthum, das in Despotismus, in Stolz und Selhstüherhehung
ausartet.

In ühereinstimmender Weise hehaupten die Sufys, dass
es im Plane Gottes liege, alles wieder zum Anbeginne zurück-
zuführen, so müssten die Prophctie und Wahrheit wieder auf-
leben durch Vermittlung der Walys (der Heiligen), hierauf
folge das Chalifat, darauf die Herrschaft des Antichrists (Dag-
gâl), statt des Königthums und der Souveränität. Nach Ah-
lauf dieses Cyklus kehre alles wieder zum Unglauben zurück,
wie vor der Prophetie. [1]

Man wird jedoch bei dieser Lehre der Mystiker wohl
darauf achten, dass darin das religiöse Element, nämlich die
Wiederkehr des Prophetenthums, allerdings nur in der abge-
schwächten Form der Wilâjah, d. i. der Führung der Menschheit durch die Heiligen, eine Hauptrolle spielt, während Ibn
Chaldun die religiöse Frage gänzlich hei Seite lässt und ausschliesslich seine Theorie auf den politischen und socialen
Entwicklungsprocess gründet. Einen gewissen Einfluss auf
seine Theorie scheint aber die Lehre des orientalischen Mysticismus üher die Rückkehr zum Anbeginn (alma'âdo 'ilá-lmahda')
immerhin ausgeübt zu haben, obgleich in dem Gedankengange
der Sufys es sich hiebei um den Ursprung und die Wieder-
auflösung aller Dinge aus und in der Gottheit handelt.

Die Civilisation, oder richtiger die städtische Civilisation,
ist in der Ansicht Ibn Chalduns die höchste Entwicklungsstufe
der Gesellschaft, welche, sohald sie his zu derselben vorge-

---

[1] II, 192 (165).

schritten ist, zurückzuschreiten und zu entarten beginnt, wie dies mit dem animalischen Leben bei Erreichung einer gewissen Altersstufe der Fall ist. [1]

Der Verfall der Reiche ist ein natürlicher Process, der vollständige Analogie mit dem Verfall aus Altersschwäche bietet. [2] Allerdings entwickelt manchmal ein Staat, der schon in der letzten Periode des Verfalles steht, noch hinreichende Kraft um glauben zu machen, dass sein Verfall zum Stillstand gekommen sei: es ist dies aber wie das letzte Aufflackern einer Lampe. [3]

Es sind gewisse Anzeichen, die nach Ibn Chaldun den Verfall begleiten und kennzeichnen; wir lassen ihm selbst das Wort: ‚Wisse, dass der Bau des Staates auf zwei Fundamenten beruht, die durchaus nicht zu entbehren sind: das erste ist: die materielle Gewalt und der Gemeinsinn und dies findet seinen Ausdruck in der Kriegsmacht — das zweite ist die Finanzwirthschaft, durch welche das Heer besteht und die Bedürfnisse des Reichs in den verschiedenen Lagen bestritten werden. Beginnt nun für den Staat der Verfall, so macht er sich in diesen beiden Fundamenten (zuerst) bemerkbar. Wir wollen zuerst den Eintritt des Verfalles in der materiellen Macht und dem Gemeinsinne besprechen, dann aber denselben in Bezug auf die Finanzen und die Steuereinhebung. So wisse denn, dass die Befestigung des Reiches und dessen Begründung, wie wir sagten, in dem Gemeinsinne beruht und dass unbedingt ein höherer Gemeinsinn unentbehrlich ist, der die einzelnen (niedereren) Gemeinbestrebungen in eine einzige zusammenfasst: dies ist der Gedanke der Parteinahme für den Besitzer der höchsten Gewalt seitens seiner Anhänger und Stammesangehörigen. Stellt sich nun bei der Regierung die Gewohnheit der (unumschränkten) Gewalt, der Verweichlichung, der Niederwerfung der einzelnen Parteien ein, so sind die Ersten, welche niedergeworfen werden, die Parteigänger und Stammesverwandten des Herrschers, welche mit ihm die Herrschaft theilen wollen. Er wirft sie stärker nieder als die Fremden, aber

---

[1] II, 306 (260).

[2] II, 120 (106).

[3] II, 121 (108).

auch die Verweichlichung (der Luxus) beherrscht sie stärker
als Andere, wegen ihrer nahen Beziehungen zum Throne,
wegen ihres Stolzes und ihrer hervorragenden Stellnng. So
stehen sie unter dem Einfluss zweier Elemente der Zerstörung:
und diese sind: die Verweichlichung (der Luxus) und die
Gewalt. Zuletzt kommt es in der Anwendung der Gewalt zur
Hinrichtung, indem ihre Stimmung gegen den Inhaber der
höchsten Gewalt sich immer mehr verbittert, je mehr sich
seine Herrschaft befestigt. Es verwandelt sich die Eifersucht
des Herrschers gegen sie allmälig in Furcht für seinen Thron:
er geht mit Hinrichtungen, mit Demüthigungen, mit Entziehung
der Habe und des Luxus, an den sie sich gewöhnt haben,
gegen sie vor. Sie gehen zu Grunde oder werden getödtet
und ihre Ergebenheit für den Machthaber schwindet; dies ist
aber die einigende Idee, welche die einzelnen Gemeinbestrebungen zusammenhielt und leitete. Es löst sich nun dieses
Band, es schwächt sich dieser Halt. Der Herrscher aber
wählt statt ihrer Knechte seiner Gnaden und Creaturen seiner
Gunst: aus ihnen bildet er sich eine neue Partei, nur ist sie
nicht so stark wie jene, weil das Band der Verwandtschaft
und die von Gott hineingelegte Kraft fehlt. Der Herrscher
verliert auf diese Art seine Parteigänger und Hilfsgenossen
sammt ihrem naturgemässen Opfermuthe. Dies bleibt von den
andern Parteien nicht unbemerkt, sie werden kühner gegen
ihn und seine Günstlinge. Der Sultan vernichtet sie, verfolgt
sie von Fall zu Fall mit der Todesstrafe und ernennt an ihrer
Stelle andere in Amt und Würden, ausserdem aber macht die
Verweichlichung auf sie ihre Einwirkung geltend, wie wir schon
oben bemerkten. So überwältigt sie die Vernichtung theils
durch die Verweichlichung, theils durch das Schwert, bis sie
das Gefühl der Parteinahme (für ihren Fürsten) gänzlich ein-
gebüsst, deren Kraft und Schwung gänzlich vergessen haben.
Sie werden nun einfach Söldlinge zum Schutze (des Staates),
ihre Zahl nimmt ab und es vermindert sich also die Zahl der
Vertheidiger der Provinzen und Grenzlandschaften. Die unterworfenen Stämme fassen Muth, um sich in den Provinzen
gegen die Regierung zu erheben, Kronprätendenten und andere
Aufrührer eilen herbei, in der Hoffnung das Ziel ihrer Wünsche
zu erreichen, indem sich die Bewohner der Gegenden ihnen

anschliessen und sie sicher sind von den Truppen-nicht erreicht
zu werden. Ununterbrochen dauert dieser Zustand fort, während die Machtsphäre der Regierung sich verengt, bis die
Aufständischen selbst in der nächsten Nähe der Hauptstadt
sich festsetzen. Oft zerfällt in solchen Umständen der Staat
in zwei Staaten oder in drei nach Maassgabe seiner ursprünglichen Kraft, wie wir schon gesagt haben, und es übernimmt
deren Führung eine andere Partei, die aber doch immer sich
der früher allein herrschenden Partei und ihrem natürlichen
Einflusse fügen muss.' — — [1]

,Hinsichtlich des Verfalles in finanzieller Beziehung aber,
sei dir kundgethan, dass jeder Staat im Anfange dem Nomaden-
zustande entspringt, wie schon früher bemerkt; der Charakter
der Regierung ist daher milde Behandlung der Unterthanen,
Maasshalten in den Ausgaben, Achtung vor dem Privateigen-
thum. Eine solche Regierung enthält sich der Strenge in der
Steuereintreibung, der Erpressung und Gewaltmaassregeln bei
Einhebung der Gelder und bei der Abrechnung mit den Re-
gierungsbeamten. Es besteht kein Anlass zu (grossen) Ausgaben und die Regierung braucht kein grosses Einkommen.
Aber später kommt die Vergewaltigung, das Königthum wird
gross und mächtig nnd verleitet zur Verweichlichung; hiedurch
vermehren sich die Ausgaben; die Ausgaben des Sultans und
der Staatsbeamten im Allgemeinen wachsen an und auch auf
die Bewohner der Hauptstadt erstreckt sich dies: hiedurch
stellt sich die Nothwendigkeit ein, die Löhnung der Truppen,
die Gehalte der Beamten zu erhöhen, denn das Volk folgt der
Regierung im Glauben und in den Sitten. Der Sultan muss
also Marktsteuern von den Verkaufspreisen auf den Bazaren ein-
führen, um die Einnahmsquellen reichlicher fliessen zu machen,
indem er einerseits hiebei die Verweichlichung der Stadt, die
den Beweis ihrer Wohlhabenheit liefert, im Auge hat, anderseits aber die Nothwendigkeit für die Auslagen der Regierung
und der Truppen Vorsorge zu treffen. Allmälig nehmen aber
die Gewohnheiten der Verweichlichung immer mehr zu, die
Marktstenern reichen nicht mehr aus; die Regierung wird nun
gewaltthätig gegen ihre Unterthanen, sie treibt Gelder ein von

[1] II, 123 (110).

dem Vermögen der Unterthanen, sei es durch Marktsteuern oder
Monopole [1] oder in gewissen Fällen auch durch Uebergriffe
mit oder ohne (berechtigten) Vorwand. Die Soldtruppen über-
nehmen sich, da sie die Regierung so geschwächt und des
nationalen Gedankens beraubt sehen; indem man dies von
ihnen befürchtet, sucht man diese Gefahr zu bekämpfen durch
Löhnungserhöhung und Vermehrung der Auslagen für sie und
man findet kein Mittel sich anders zu helfen. Die Steuer-
einnehmer unter einer solchen Regierung werden in dieser
Periode sehr reich in Folge der Grösse der Steuereinnahmen
und der Verfügung über die Gelder in ihren Händen, oft überschreitet desshalb ihr Glanz das Maass und sie werden der
Gegenstand von Verdächtigungen wegen Unterschlagung von
Steuergeldern; aus Eifersucht und Neid verleumden sie sich
gegenseitig; die Folge davon ist, dass sie einer nach dem
andern (vom Sultan) mit Strafe und Vermögensconfiscationen
heimgesucht werden, bis ihr Reichthum erschöpft und ihre
Lage gänzlich zum Nachtheil geändert ist. Aber auch die
Regierung büsst den Pomp und die Herrlichkeit ein, welche
jene ihr verliehen. Nachdem die Hilfsquellen dieser Classe
erschöpft sind, geht die Regierung auf die anderen wohlhabenden
Privaten über. Aber in dieser Periode hat gewöhnlich schon
der Verfall auch auf die materielle Macht seine Wirkung ausgeübt. Die Regierung hat nicht mehr die Kraft für Uebergriffe und Gewaltmaassregeln. Die Politik des Sultans besteht nun in der Einflussnahme durch das Geld, er hält dies
für nützlicher als die Anwendung des Schwertes, dessen un-
zureichende Wirkung er kennt. Es steigert sich denn sein Bedarf an Geld, ausser dem was er für die regelmässigen Ausgaben
und die Löhnung der Truppen braucht und es reichen seine
Mittel nicht aus. Die Altersschwäche des Staates nimmt nun
zu, es treten die Bewohner der Provinzen kühner (der Regierung)
entgegen. Die Bande des Staatswesens lösen sich in jeder
dieser Perioden mehr und mehr bis zum schliesslichen Unter-
gange, bis sich jeder der Prätendenten bereit macht der obersten

---

[1] Es ist hiezu die Bemerkung zu machen, dass nach den Theorien der
mohammedanischen Theologen und Juristen Marktsteuern und Monopole
für ungesetzlich erklärt wurden.

Gewalt sich zu bemächtigen. Macht sich einer aber ernstlich
daran, so entreisst er die Regierung den früheren Machthabern,
wo nicht, so bleibt sie im Zustande der Auflösung, bis sie
von selbst zu Grunde geht, wie der Docht in der Lampe,
wenn das Oel zu Ende ging und die Flamme erlischt. Gott
dessen Name gepriesen sei, ist der Inhaber der Dinge und
der Ordner der Erscheinungen; keine Gottheit ist ausser
ihm!'[1] — —

Jedes Reich muss eine gewisse Anzahl von Provinzen
haben, aber auch nicht mehr als bis zu einer gewissen Grenze.
Für diese muss es eine genügende Anzahl von Truppen besitzen, um sie besetzen zu können. Hat die Regierung auf diese
Art über ihre Truppen verfügt, so bildet die von ihnen besetzte
Linie die Grenze. Dies gilt aber nur so lange das Reich
noch die urwüchsige Kraft des Nomadenthums bewahrt. Allmälig erreicht es aber den Gipfelpunkt des Glanzes, die
Einkünfte fliessen reichlich, der Luxus nimmt zu und die
städtische Civilisation macht grosse Fortschritte, die Sitten der
Krieger verweichlichen, sie geniessen das Leben und gerathen
hiedurch in Verweichlichung, das städtische Leben entnervt
sie. Die weitere Folge ist das Erwachen des Ehrgeizes, der sie
anspornt, um den Vorrang zu streiten. Der Sultan macht dem
ein Ende durch Anwendung von Gewaltmaassregeln, die Emire
und Grossen gehen zu Grunde, es vermehrt sich die Zahl der
Untergehenen und Unselbstständigen. Diese Ereignisse aber
schwächen die Widerstandskraft des Staates. So erhält er
seine erste Schwächung in seiner Kriegsmacht. Hiezu kommen
noch die maasslosen Ausgaben des Sultans, die Einnahmen
des Landes genügen nicht mehr für die Ausgaben und so er-
leidet das Reich eine zweite Schwächung in den Finanzen;
dies zusammen mit der ersten führt Entkräftung und Verfall
herbei. Manchmal entsteht auch zwischen den hervorragenden
Anführern Streit, obgleich sie bereits unfähig sind gegen die
benachbarten Völker, die auf den Verfall des Reiches sinnen,
anzukämpfen; auch die Bewohner der Grenzlandschaften benützen die Schwäche der Regierung, um sich in ihren Gebieten
unabhängig zu machen. Der Sultan aber hat nicht mehr die

---

[1] II, 127 (113).

Macht sie zurecht zu weisen. In diesem Zeitpunkte beginnt die allmälige Einengung der Grenzen, die das Reich in seiner ersten Machtperiode erreicht hatte. Man zieht eine neue Grenze innerhalb der alten, aber die Schwäche der Truppen, ihre Fahrlässigkeit, der Geldmangel und der Rückgang der Einnahmen haben auf diese neue Grenze dieselbe Einwirkung, welche schon das erste Mal die Reichsgrenze eingeengt hat. Der Sultan beginnt die bisher für die Heeresverwaltung, sowie für die Finanzen und Provinzialverwaltung bestehenden Gesetze zu ändern, um das Gleichgewicht zwischen Einnahmen und Ausgaben herzustellen, die Kosten für das Heer und die Provinzen zu bestreiten, die Steuern zur Bezahlung der Gehalte zu vertheilen und in allem sich genau nach dem zu richten, was in der ersten Periode des Staates Geltung hatte. Aber ungeachtet dieser Aenderungen bestehen die Ursachen des Verderbens fort. In dieser Periode wiederfährt dem Reiche dasselbe, was ihm schon in der ersten Periode zugestossen war und der Fürst ist gezwungen gegen dieselben Schwierigkeiten anzukämpfen, die schon früher sich gezeigt haben. Er wendet die schon früher gebrauchten Mittel an und hofft so ein Uebel bezwingen zu können, das immer wieder erscheint. Er zieht eine neue, engere Grenze hinter der ersten, aber dieselben Erscheinungen, die früher schon zur Verengung der Grenzen geführt hatten, zeigen sich auch diesmal. [1]

Gewöhnlich bezeichnet Uebervölkerung die letzte Periode der Existenz eines Reiches, es treten Hungersnoth und Epidemien sehr häufig auf. [2]

Neuentstandene Regierungen müssen nothwendiger Weise mit Milde und Mässigung vorgehen. Ist das Reich aus religiösen Gefühlen hervorgegangen, so verdankt es diese Eigenschaften der Religion, sonst leitet es diese edlen Gesinnungen aus dem Nomadenleben ab. Unter einer milden und gerechten Regierung verbreitet sich Zufriedenheit und Wohlbehagen; das Volk geht mit Eifer seiner Arbeit nach, die Bevölkerung vermehrt sich aber es macht sich diese Zunahme nur nach einer Generation oder mindestens nach zweien bemerkbar. Mit Beginn der dritten

---

[1] II, 127 ff. (114).
[2] II, 138 (124).

Generation nähert sich das Reich seiner Vollendung und die Bevölkerung erreicht ihre höchste Zahl.

Hungersnoth und Epidemien treten häufiger auf, wenn das Reich in der letzten Periode sich befindet, denn Hungersnoth ist die nothwendige Folge des Unterbleibens der Ackerbauarbeiten. Das Volk will aber nicht mehr den Boden bebauen, weil die Steuern und Auflagen zu drückend geworden sind, oder wegen der Ruhestörungen und Aufstände, die sich dann häufig zeigen in Folge der (zunehmenden) Schwäche der Regierung. [1]

VI.

Rückblick.

Kaum hat ein Religionssystem auf die Denkart, den bürgerlichen Charakter, die politische und geschichtliche Entwicklung der Völker einen so gewaltigen und dauernden Einfluss ausgeübt, wie der Islam.

Er drückte allen Völkern, die ihm sich ergaben, seinen Stempel auf und die Jahrhunderte zogen wirkungslos darüber hin. Es konnte deshalb auch eine vom religiösen Standpunkte unabhängige Geschichtsauffassung sich nur schwer Geltung verschaffen. Beherrschte ja doch in Europa der theologische Gedanken die geschichtlichen Arbeiten bis in das spätere Mittelalter herauf.

Dennoch macht sich zwischen dem Entwicklungsgange des von den Fesseln des religiösen Systems mehr und mehr sich losringenden Denkens im Abendlande und im Morgenlande ein sehr wesentlicher Unterschied bemerkbar. Während hier rasch und ganz besonders in den Ländern arabischer Zunge eine überaus reiche und mannigfaltige weltliche Literatur sich entfaltete, die in der grossen Masse der gebildeten Classen der Nation eifrige Aufnahme fand, blieb im Abendlande die Schriftstellerei durch die erste Hälfte des Mittelalters fast ganz das Eigenthum der Klöster und ihrer düsteren Inwohner. Im Reiche der Chalifen ward die Literatur Gemeingut aller Gebildeten, wozu Jeder, der Beruf und Lust hatte, sein

---

[1] II, 139 (125).

Schärflein beisteuerte. Im Occidente blieb sie das Vorrecht einer Kaste, welche die ihr anerzogenen Vorurtheile und Lehrmeinungen in die schriftstellerische Arbeit hineintrug und gegen jede neue, selbstständige Geistesrichtung von vorne her abwehrend und feindlich sich verhielt. Das arabische Volk hatte daher schon sehr früh sein eigenes weltliches Schriftthum, während in Europa noch lange die ausschliesslich religiöse Richtung vorherrschend blieb. Erst das grosse Völkerdrama der Kreuzzüge, das im Orient eine allgemeine Reaction des Fanatismus und der Intoleranz hervorrief, bewirkte in Europa durch die hiedurch gegebene Anregung eine lebhaftere geistige Arbeitslust auch in weltlicher Richtung.

So kam es, dass lange bevor in den Klöstern der europäischen Länder man daran dachte sich Rechenschaft zu geben über den allgemeinen Verlauf des Stromes der Völkergeschichte, schon von verschiedenen Denkern des Islams das grosse Räthsel des Lebens und des Menschendaseins zum Gegenstande ernster und selbstständiger Betrachtung gewählt worden war. Die Entwicklung der arabischen Geschichtschreibung trug viel hiezu bei, erhielt aber gleichzeitig auch ihrerseits durch die philosophische Geistesrichtung nachhaltige Förderung; denn schon im dritten Jahrhunderte der Hegira schrieb man in arabischer Sprache universalhistorische Werke, worin man nicht nur die Geschichte der mohammedanischen Völker, sondern auch die der wichtigeren fremden, wie der Hebräer, der Griechen, Perser, Indier und Byzantiner behandelte. Das Studium der in Uebersetzungen schnell verbreiteten griechischen, persischen und indischen Schriften brachte, trotz der Exclusivität des Islams, den Arabern die Ueberzeugung von der hohen Cultur auch der fremden, nichtmohammedanischen Völker. Und je mehr man fremde Gesittung und fremde Cultur schätzen und achten lernte, desto lebhafter griff der Drang um sich, das Getriebe des Völkerlebens in seinem Zusammenhange kennen zu lernen und desto tiefer empfand man die Sehnsucht in dem anscheinend planlos und verworren von Jahrhundert zu Jahrhundert sich fortschleppenden Laufe der Geschichte den Plan, den Zweck, das Gesetz und das Endziel erfassen und verstehen zu lernen.

Der Islam hatte zwar auf dieses, wie auf alles andere, seine entscheidende Antwort: ‚Was Gott will, geschieht, die einen macht er selig und die andern verdammt er, das irdische Leben ist eitel und vergänglich, nur das jenseitige hat Werth und ist von ewiger Dauer'.

So lange der Islam noch in seinem Heroenzeitalter sich hefand, heschäftigte die Eroherung und Verwaltung der Länder das herrschende Volk in solchem Maasse, dass man wenig Musse und auch wenig Lust hatte, üher ernstere Fragen nachzusinnen. Man lehte frisch mitten in dem Thatendrange einer Zeit voll nationalen Schwunges und bekümmerte sich nicht um die Zukunft, denn die Beobachtung der äusserlichen Religionspflichten, des Gebetes, des Fastens u. s. w., sowie die Bekenntniss des mohammedanischen Glauhens genügte den Eintritt in das Paradies zu sichern.

Allein kaum war die Zeit der ersten Heldenkämpfe vorüber und kaum war der Stillstand der Entwicklung eingetreten, so machte der Islam seine durch die Ausnahmszustände des ersten Jahrhunderts nicht allgemein zur Wirkung gekommenen Rechte auf die Gemüther geltend. Die Lebensanschauung, die er in normalen Verhältnissen hervorrufen muss, ist eine düstere, unbefriedigende, denn er legt alles Gewicht auf das Ausserweltliche, Ueherirdische und man findet hei ihm keine wie immer genügende Antwort auf die Frage nach Werth und Ziel des irdischen Lehens in seinem Gesammtverlaufe. Denn dies alles erscheint als etwas ganz nebensächliches und werthloses. So ist denn der Einfluss der islamischen Lebensanschauung ein düsterer und lejtet in letzter Folge zur ascetischen Verachtung der irdischen Dinge.

Daher kommt es, dass in den Werken mohammedanischer Theologen und, unter ihrer Einwirkung, auch hei den Poeten und Literaten durch alle Jahrhunderte das Thema von der Verächtlichkeit der Welt, der Nichtigkeit des Erdenlebens wiederkehrt. Es ist in den arahischen Gedichtsammlungen nicht selten einer eigenen Classe von Gedichten zu begegnen, die unter der Aufschrift: ,Zum Tadel der Welt' (fy damm ildonjâ) zusammengefasst werden. Je trostloser sich die politischen Zustände des arabischen Weltreiches gestalteten, desto mehr Berechtigung fand diese pessimistische Weltauffassung.

Mit dem Verlaufe der Jahrhunderte befand man sich aber auf einer solchen Höhe der Zeiten, dass man einen weiteren Ueberblick des bisher zurückgelegten Stück Weges auf der Bahn der Geschichte gewonnen hatte. Es waren historisch gesicherte Zeiten, über die man sich ein Urtheil bilden konnte, aber das Ergebniss war selbst für die ersten zwei Jahrhunderte der arabischen Weltherrschaft nicht besonders tröstlich oder befriedigend. Allerdings hatte sich eine hohe, bewundernswerthe Cultur in vollster Eigenthümlichkeit des orientalischen Volkslebens entwickelt; weit hinaus nach Ost und West, nach Süd und Nord hatte das siegreiche Araberthum seine Eroberungen ausgedehnt; von den Säulen des Herkules und dem grossen Ocean des Westens bis zu dem fabelhaften Meere der Finsterniss im fernsten Osten, wie die Araber den indischen Ocean nannten, dehnte sich der von ihnen theils unterjochte, theils doch erforschte Theil der Erde aus, aber trotzdem war der geschichtliche Ueberblick nicht erfreulich. Das, was fehlte, war die politische Stabilität. Das Chalifenreich war schon im zweiten Jahrhunderte seines Bestandes in langsamer, aber unaufhaltbarer Zersetzung begriffen, aus den Provinzialstatthaltern bildeten sich rasch halbsouveräne, zum Theil auch ganz unabhängige Dynastien. Die Alyiden bemächtigten sich in einzelnen Landestheilen der Herrschaft, kühne Empörer, Sectenstreite, selbst communistische Bewegungen erschütterten das Reich und rissen hie und da Stücke ab. Auch die unterjochten Nationalitäten fingen an sich zu regen und aus ihnen gingen allmälig verschiedene herrschende Familien hervor (Türken, Perser, Berberen). Solche Fremdherrschaft, die der Araber sehr schwer empfand, blieb seitdem im arabischen Oriente mit wenigen Ausnahmen (Arabien) der normale Zustand. So ist, um nur ein Beispiel anznführen, Aegypten seit 868 Ch. (Ernennung des Aḥmed Ibn Tulun zum Statthalter), und mit alleinigem Ausschlusse der Periode der Fatimiden (969—1171), bis heute unter der Herrschaft türkischer Familien geblieben.

Eine flüchtige Rundschau über diese Verhältnisse zeigt, dass der Verfall des alten arabischen Reiches unaufhaltsam sich vollzog und das, was an dessen Stelle trat, war weder dauerhafter noch für das arabische Volksgefühl genugthuender.

Kann es uns überraschen, dass bei solcher Sachlage schon in dem ersten arabischen Denker von Bedeutung, der über die grosse Frage des Menschgeschickes, des Lebenszweckes und Geschichtsverlaufes nachsann, der Pessimismus in seiner schwärzesten Form auftritt, dass seine Philosophie nichts anderes ist, als eine Philosophie der Verzweiflung, die mit dem Ende auch die ersehnte Erlösung zu finden hofft? Für ihn ist das Wirrsal des Lebens ein grosses Räthsel, das kein Weiser zu lösen gewagt hat.

Den theologischen Standpunkt des Islams hat er längst verlassen, aber er fand keinen Ersatz dafür, der ihn nur annähernd befriedigt hätte. Nichts hat Bestand, alles ist bestimmt zu vergehen, auch selbst die Religion des Islams: ‚Es lehrte Moses und ging dahin, worauf Christus erstund — dann kam Mohammed und machte die fünf Gebete kund — ein neuer Glauben soll später kommen, der diesen ersetzt — die Menschheit wird so zwischen Gestern und Morgen zu Tode gehetzt‘. [1]

Allerdings scheint er auch der Lehre von der Rückkehr des All zum Urzustande gehuldigt zu haben, denn an einer andern Stelle desselben Gedichtes sagt er von der irdischen Welt: ‚Was immer dir in der Welt für ein Schicksal tagt, — es bleiben dir Sonne und Mond doch immerhin unversagt — ihr Ende soll dem Anfang gleichen, so ist es beschieden, — denn Morgen und Abend bringen der Wunder viele hienieden.‘ [2]

Auch glaubte er an eine gewisse aufsteigende Veredlung des Menschen, die ihn zu einem höheren Wesen umgestaltet, wenigstens finden wir eine Stelle, welche diese Vermuthung bestätigt: ‚Drei sind die Stufen der Creaturen: erhabene Geister, Menschen und unverständig Gethier, — übt der Mensch die Tugend, so steigt er empor zur Natur der reinen Geister (Engel), zieht ihn aber die Leidenschaft herab, so sinkt er zur Stufe des Viehes hernieder und das ist wahrlich die tiefste Stufe!‘ [3]

Das grosse Drama der Weltgeschichte sieht schon er als ein endloses an, worin aber stets neue Combinationen

---

[1] Ma‘arry: Lozumijjât.

[2] Der Text des ganzen Gedichtes sammt Uebersetzung folgt im Anhange II.

[3] Der Text folgt im Anhang III.

eintreten und nie das einmal Dagewesene in identischen Formen sich wiederholt. So wenigstens fasse ich die folgende Stelle auf:

> Die Zeit, die ewig dahin rollt,
>   ist wie ein Gedicht,
> Aber denselben Reim wiederholt
>   der Dichter nicht. [1]

Wenn es gestattet ist aus solchen Stellen, die eben dadurch, dass er ausschliesslich der poetischen Form sich bedient, immer etwas unbestimmt bleiben, einen Schluss zu ziehen, so kann man daraus entnehmen, dass Ma'arry's Weltauffassung die folgende war: die Erdenwelt ist vergänglich und ihr Ende wird dem Anfange gleichen, dem Gesetze des Entstehens und Vergehens ist alles unterworfen, endlos strömt die Zeit dahin, stets neues bringend, aber der Mensch kann durch Uebung der Tugend sich veredeln und auf die Stufe höherer geistiger Wesen sich emporschwingen.

Diese Anschauung ist mehr poetisch als philosophisch und sie verdient nur deshalb besonders hervorgehoben zu werden, weil der theologische Standpunkt hiemit gänzlich verlassen ist. Es erhellt übrigens aus vielen anderen Stellen der philosophischen Gedichte Ma'arry's, dass er einen Cultus der Sittenreinheit mit theïstischer Grundlage lehrte, der deutliche Einwirkungen des Buddhismus mit seiner reinen Moral und seiner Sehnsucht nach dem Nirvâna aufweist. Die folgende Stelle eines längeren Gedichtes, worin er sein religions-philosophisches Glaubensbekenntniss niederlegt, ist hiefür entscheidend:

‚Siech bin ich an Verstand und Glauben, doch höre von mir die Kunde der Wahrheit! — Verzehre nicht in Rohheit, was das Wasser ausgeworfen, und wähle nicht zur Kost das, was geschlachtet worden, — auch nicht die Eier der Bruthenne, deren Dotter ihr soll die Küchlein nähren, nicht aber die schönen Frauen; — überliste nicht die Vögel, die nicht hüten können ihre Brut, denn die Gewaltthat ist die ärgste der Missethaten; — lass auch unberührt die Waben der Bienen,

---

[1] Den Text des Gedichtes sammt Uebersetzung habe ich in der Zeitschrift der Deutschen Morgenländischen Gesellschaft B. XXX S. 47 veröffentlicht.

die sie emsig füllten aus duftigem Blumenseim; — nicht haben
sie dies aufgespart für Fremde und nicht sammelten sie es
für Geschenke und Freundschaftsgaben. — Von all' dem wasche
ich meine Hand, ach! hätte ich doch früher mich besonnen,
bevor die Schläfen erbleichten! — O Zeitgenossen, kennt ihr
die Geheimnisse, die ich weiss? aber ich gebe sie nicht kund! —
Ihr wandelt im Irrthume, ach warum lasset ihr euch nicht
leiten durch die Verkündungen der erlenchteten Männer! — So
oft der Herold der Verblendung ruft, wie kommt es, dass ihr
willig folget in dem, was sie da vorspiegelt, jedem Rufer! —
Würden euch enthüllt die Wahrheiten eurer Religion, so
würdet ihr entdecken den schmählichsten Missbrauch. — Seid
ihr wohlberathen, so färbt nicht die Schwerter mit Blut und
senkt nicht die Sonden (d. i. die Lanzen) in die Tiefe der
Wunden. — Wohl gefällt mir die Sitte jener, die als Mönche
leben, nur nicht dass sie verzehren, was andere mit Mühsal
erwerben. — Besser fristen jene ihr Leben, die redlichem
Erwerbe nachgehen zu allen Stunden'.[1] —

Zeigt sich, wie aus obigem Bruchstücke erhellt, der
Dichter als unabhängig von der theologischen Denkart des
Islams, so bleibt er ihr doch darin treu, dass er dem irdischen
Leben keinen Werth zuerkennt und die Erlösung daraus als
eine Befreiung begrüsst, zu deren Herbeiführung er selbst
das heroische Mittel der Nichtfortpflanzung anempfiehlt. Auch
hierin kann man buddhistischen Einfluss erblicken.

Einsam steht Ma'arry mitten im grossen Kreise seiner
Zeitgenossen, wenige waren die Männer, welche solche Ueberzeugungen hegten und keiner ausser ihm wagte sie so unum-
wunden zu bekennen. Er mag jene Verse zwischen 403—413 H.,
also 1012—1022 Ch., geschrieben haben, und starb ungeachtet
seiner entschieden freigeisterischen Richtung unbehelligt, während
zur selben Zeit in Europa der blutige Vernichtungskrieg gegen
die Albigenser sich vollzog.

Jedenfalls liefern Ma'arry's Schriften den Beweis, wie
wenig die altislamische Weltauffassung dem Drange nach Erkenntniss des grossen Räthsels entsprach, wie wenig sie die

---

[1] Den Text des Gedichtes, dessen Schluss zum richtigen Verständniss eines
Commentars bedarf, lasse ich im Anhange IV folgen.

Zweifel zu lösen vermochte, sobald einmal der blinde Glauben geschwunden war. So pessimistisch nun auch seine Philosophie ist, so hatte er doch noch lange nicht die schlechtesten Zeiten erlebt. Der Verfall der mohammedanischen Staaten führte noch weit grössere Erschütterungen herbei und für den frommen, seinem Glauben ergebenen Moslim musste jene Zeit noch weit unglücklicher sein, wo der Islam durch die erstarkende Macht der christlichen Völker langsam, aber unaufhaltsam zurückgedrängt ward.

Allmälig machte sich dies immer deutlicher bemerkbar und besonders in Spanien: eine Stadt nach der andern ward den Mauren entrissen, Toledo (1085), Huesca (1096), Tudela (1114), Saragossa (1118), Cordova (1236), Sevilla (1248); Sicilien, Sardinien, die Balcaren gingen für sie verloren, während im Osten die Heere der Kreuzfahrer im Herzen des Orients selbst die christliche Herrschaft begründeten.

Diese Vorgänge mussten auf die denkenden Männer den grössten Eindruck hervorbringen, denn trotz aller inneren Zerrüttung hatte man sich daran gewöhnt die Araber und den Islam als unter der besonderen Huld und Fürsorge Gottes stehend zu betrachten; man wiegte sich gerne in der Ueberzeugung von dem Vorrange und der höheren Cultur der mohammedanischen Völker, man hatte sich nie ernst mit dem Gedanken befasst, dass der Augenblick nahen könnte, wo die fremden Völker, die nach dem Wortlaut des Korans unter dem Schwerte der Rechtgläubigen gedemüthigt werden sollten, die Stärkeren sein und ihrerseits den Islam demüthigen würden. Um so grösser war der Eindruck, als dies wirklich geschah.

In demselben Maasse als das Christenthum in Spanien das ihm so lange entrissene Gebiet wieder zurückgewann, wichen die Araber zurück und wer konnte, wanderte aus, entweder nach den südlichen Theilen der Halbinsel oder, als man auch dort sich nicht mehr sicher fühlte, nach der gegenüber liegenden afrikanischen Küste. In den grösseren Städten Nordafrikas entstanden auf diese Art zahlreiche Ansammlungen maurischer Flüchtlinge, welche noch lange hier die Erinnerung an die schöne andalusische Heimath bewahrten und den Verfall der maurischen Herrschaft in Spanien, der sie in die Fremde getrieben hatte, tief beklagten.

Einer solchen spanischen Flüchtlingsfamilie gehört Ibn Chaldun an und wenn auch schon ungefähr achtzig Jahre vor seiner Geburt Sevilla, die Vaterstadt seiner Familie, von den Christen eingenommen worden war, so hatte sich die Familientradition doch noch in recht frischer Erinnerung erhalten und die aus Spanien nach Afrika gelangenden Nachrichten, welche stets neue Erfolge der christlichen Waffen meldeten, waren wohl geeignet stets aufs neue die Aufmerksamkeit der mohammedanischen Welt, besonders in Nordafrika, auf jene Vorgänge zu lenken.

Unter solchen Umständen ward Ibn Chaldun geboren und unter solchen Eindrücken wuchs er auf. Früh in das Getriebe des politischen Lebens gezogen, hatte er Gelegenheit das Hofleben und die Politik aus eigener Erfahrung kennen zu lernen. Durch seine Beziehungen zu den Herrschern der verschiedenen Sultanate und Fürstenthümer des arabischen Theiles von Spanien und Nordafrika lernte er die tiefen Gebrechen kennen, an denen das mohammedanische Staatswesen schon damals dahinsiechte, während er andererseits durch seine universalhistorischen Studien den Blick sich genügend schärfte, um einen Vergleich anzustellen zwischen Einst und Jetzt. Die Schlüsse, welche er hieraus ziehen musste, führten ihn zur Aufstellung seiner Theorie von dem Verfalle der Staaten nach ihren Altersstufen.

Andererseits aber musste ihn die Wahrnehmung, wie rasch überall neue, allerdings meistens nicht dauerhaftere, politische Gebilde entstanden, zur weiteren Annahme von dem steten und regelmässig erfolgenden Wechsel zwischen dem Verfall und der Neubildung der Staaten zwingen. Aus solchen Beobachtungen und überall auf die Vorgänge der Wirklichkeit sich stützend, entstand Ibn Chalduns Theorie des geschichtlichen Processes. Sie ist also rein auf realer Grundlage emporgewachsen.

Zur Uebersicht fassen wir hier die charakteristischen Sätze zusammen.

I. Der Geselligkeitstrieb ist die erste Ursache der Vereinigung der Menschen.

II. Daraus entwickelt sich die Familie und aus dieser die Gemeinde und der Stamm.

III. Der Stamm bildet die Grundlage des politischen Gemeinwesens.

Seiner vorwiegend empirischen Methode getreu, befasst sich Ibn Chaldun nur ganz vorübergehend mit der Genesis des Staates im allgemeinen und zieht es vor, jene Periode zu studiren, wo schon der Schritt von der Familie zum Stamme und von diesem zum politischen Gemeinwesen vollzogen ist, diese beiden neben einander bestehen und im Kampfe um das Dasein begriffen gedacht werden. Er liebt es nicht grübelnd in die Tiefen der Vorzeit hinabzusteigen, um auf speculativem Wege eine Theorie von dem Ursprung der Gesellschaft anzustellen. Er sucht lieber mit positiven Thatsachen zu rechnen und aus diesen seine Schlüsse abzuleiten. Nur in Betreff des Königthums, der Einzelnherrschaft, des monarchischen Principes, wenn man sich einer modernen Ausdrucksweise bedienen will, geht er auf eine theoretische Begründung ein, die sich übrigens schon bei früheren arabischen Schriftstellern (Tortushy, Mâwardy und Ghazâly) findet. Dieselbe ist wie folgt: Das Königthum ist in der menschlichen Natur begründet; denn es ist einleuchtend, dass die Vereinigung der Menschen in die Gesellschaft allein ihnen das Leben und den Fortbestand sichert. Um sich die Lebensmittel und andere Bedürfnisse von allgemeiner Nothwendigkeit zu verschaffen, sind sie gezwungen sich gegenseitig zu unterstützen. Andererseits hat aber im Naturzustande jeder den Trieb, das was er braucht zu nehmen und seinem Nebenmenschen selbst zu entreissen; die Gewaltthat und die Feindschaft sind Eigenschaften, die zu den natürlichen Trieben aller Thiere gehören. Indem dem Angriffe Widerstand entgegengesetzt wird — denn der Begriff des Eigenthums ist den Menschen angeboren — muss Streit und Kampf die Folge sein. Es könnte also, wenn dieser Zustand unbeschränkt fortbestände, die Ausrottung der menschlichen Rasse daraus folgen. Aus diesem Grunde ist ein Gebieter, ein Ordner unbedingt nothwendig, der die Masse in Schranken zu halten vermag. Dieser Gebieter hätte keinen Einfluss, wenn ihn nicht eine hinreichend starke Partei unterstützte. Dies ist das Königthum und es ist in der That ,eine erhabene Würde, welche allen Ehrgeiz entfesseln und deshalb, um dem Zwecke

zu entsprechen, von einem starken Anhange gehalten und
gestützt werden muss.‘ [1]

Dieses Königthum, und Ibn Chaldun unterlässt es nicht,
es strenge zu scheiden von dem Chalifate, das einen über-
wiegend religiösen Charakter hat, besitzt den Drang, und er
ist in seiner Natur selbst begründet, sich der obersten Gewalt
ausschliesslich zu bemächtigen. Es tritt dies ebensowohl bei
dem Gebieter über ein aus vielen Stämmen gebildetes Volk
hervor, wie auch bei den zu einem Stamme vereinigten Familien:
nur eine allein kann die erste Stelle einnehmen und ihr
Führer kann allein die höchste Gewalt ausfüllen. Bei meh-
reren gleichberechtigten Anführern wäre Streit und Hader un-
vermeidlich.

Sehr passend führt Ibn Chaldun hiezu den Koranvers an:
‚Gäbe es im Himmel und auf Erden mehrere Götter,
so wären (jene zwei) schon zu Grunde gegangen‘ (Kor.
XXI. v. 22).‘ [2]

IV. Im Stamme ist das erhaltende Element der
Gemeinsinn der Stammesmitglieder, der bei grösserer
Entwicklung und namentlich bei der Ausdehnung über
grosse Menschenmassen höhere Kraft gewinnt (Nationalitätsidee).

Da der Gemeinsinn, das Gefühl der Zusammengehörigkeit,
besonders bei den Wüstenbewohnern, den Nomaden, am kräftigsten sich erhält, so ist es klar, warum Ibn Chaldun, der
eben hierauf besonderes Gewicht legt, zu wiederholten Malen
die moralische und intellectuelle Ueberlegenheit der Nomaden
gegenüber der sesshaften Bevölkerung, namentlich den Städtern,
hochpreist. [3]

Stets im Kampfe mit der Noth, immer bereit Angriffe
zurückzuweisen, gewöhnt an das einfache, entbehrungsreiche
Hirtenleben, bildet sich in den Wanderstämmen der Wüste
der muthige, ausdauernde und kräftige Charakter, der sie zur
Herrschaft über die durch den Luxus und den Einfluss despoti-
scher Regierungen verkommenen Städter befähigt. Denn diese,
wenngleich ursprünglich vielleicht selbst aus dem Nomaden-

---

[1] I, 380 (338).
[2] I, 341 (300).
[3] I, 263, 264 (229).

leben bervorgegangenen, entarten äusserst schnell, sobald sie
unter festen Regierungsformen leben. Eine despotische Regierung
entnervt das Volk und bricht dessen Energie. [1] Nicht wenig
trägt hiezu auch das System der Erziehung bei, die Unterwürfigkeit und Unselbstständigkeit wird förmlich anerzogen. [2] Aus
ähnlichen Gründen geht auch ein besiegtes Volk schnell seinem
Verfalle entgegen. [3]

Den Zustand eines solchen schildert er uns mit ergreifender
Wahrheit. Allerdings passt seine Schilderung nur auf das
orientalische Mittelalter, aber man sieht, dass er als genauer
Beobachter spricht, der noch lebendig den Eindruck vor den
Augen hat.

,Wenn ein Volk', sagt er, ,seine Unabhängigkeit verloren
hat, so geht es schnell zu Grunde. Die Ursache hierfür liegt
in der Niedergeschlagenheit, welche sich der Geister bemächtigt,
wenn es besiegt worden, durch die Knechtung ein Werkzeug
in der Hand eines anderen Volkes und von diesem abhängig
geworden ist; die Hoffnung schwindet und ermattet, ebenso die
Fortpflanzung und das Wachsthum der Bevölkerung. Denn
diese hängen von der Schwungkraft der Hoffnung und der
hiedurch hervorgerufenen Lebensfrische der körperlichen Kräfte
ab. Schwindet nun die Hoffnung in Folge der Niedergeschlagenheit, und schwinden die hiedurch bedingten Anlagen, ebenso
wie der Gemeinsinn in Folge der über sie ergangenen Macht
der Sieger erstirbt, so nimmt auch die Lebensdauer des besiegten Volkes ab, seine Erwerbsquellen versiegen ebenso wie
die Erwerbslust; es kann sich nicht mehr vertheidigen, nachdem
seine Kraft durch die Niederlage gebrochen worden ist, es
unterliegt jedem Feinde, es ist eine Beute für jeden der danach
begehrt. Es ändert nichts daran, ob nun dieses Volk früher
seine Herrschaft (einen Staat) gegründet hatte oder nicht. Es
ist aber hiebei noch ein anderes Princip zu beachten und
dies ist folgendes: Der Mensch ist in Folge seiner Natur be-
rufen Herr seiner Handlungen zu sein, indem er gewissermaassen
zum Regenten über die Natur (von Gott) bestellt worden ist.
Der Gebieter aber, der seiner Herrschaft beraubt, und seines

---

[1] I, 265 (230).
[2] I, 267 (232).
[3] I, 307 (268).

Ansehens entkleidet wird, ermattet, so dass er selbst den
Hunger und Durst zu befriedigen vernachlässigt. Dies ist in
der Natur der Menschen begründet. Und selbst bei den Raub-
thieren soll etwas ähnliches sich beobachten lassen, indem sie
in der Gefangenschaft sich nicht begatten. Dergestalt tritt
bei dem besiegten Volk eine Abnahme der Kräfte und Auflösung ein, bis es der Vernichtung anheim fällt.'[1]

Nicht minder zutreffend sind die Bemerkungen über die
allgemein bei unterworfenen Völkern hervortretende Neigung
die Sieger in Haltung und Tracht, ja selbst in den Meinungen
und Gewohnheiten nachzuahmen. Er hebt hervor, dass dieses
Streben der Besiegten sich den Siegern anzuschmiegen überall
sich beobachten lässt. Aber selbst bei den nur benachbarten
(von einander ganz unabhängigen) Völkern zeigt es sich, dass
jenes Volk, welches die Ueberlegenheit des andern gefühlt
hat, dessen Sitten und Gebräuche nachzuahmen sich bestrebt.
Ibn Chaldun führt hiezu ein sehr merkwürdiges Beispiel an.
Er spricht nämlich von der arabischen Bevölkerung Spaniens
und ihren Beziehungen zu den christlichen Bewohnern der
Königreiche Leon und Castilien (galâliḳah) und fügt bei: ‚Du
wirst in der That finden, dass jene diesen in Kleidung und
äusserer Erscheinung zu ähneln suchen, und auch in Sitten
und Verhalten, selbst in der Gewohnheit die Wände mit
Menschengestalten zu bemalen, in den Schlössern und Wohn-
häusern. Wer mit denkendem Blicke diese Erscheinungen be-
obachtet, der sieht hierin das Zeichen der Ueberwältigung
(der im Verfalle begriffenen Nation)'.[2]

Es ist eine natürliche Folge der empirischen Methode
Ibn Chalduns, dass er auch Sätze aufstellt, wie die folgenden:
Halbcivilisirte Völker sind zu Eroberungen mehr geeignet
als solche, die bereits eine höhere Stufe der Gesittung einnehmen.[3]

Denn eben hiefür bietet die Geschichte des Orients
mehrere Beispiele, deren verschiedene Ibn Chaldun besonders
nahe lagen (Eroberungen der Araber, der Berberen, der Kurden,
Turkomanen u. s. w.).

---

[1] I, 307, 308 (268).
[2] I, 307 (267).
[3] I, 290 (251), 303 (263).

V. Als zweites Bindemittel auch verschiedener Stämme und deshalb als wesentlicher Factor bei der Bildung und dem Fortbestande der Staaten ist die Religion anzuerkennen.

Bei Aufstellung dieser Maxime war für Ibn Chaldun der historische Vorgang der Begründung des arabischen Weltreichs durch die unter dem Banner des Islams und durch die Religion geeinigten arabischen Stämme maassgebend. Dieses Princip formulirt er sogar noch weit schärfer in der Art, dass die arabischen Wanderstämme unfähig seien ein Reich zu gründen, es sei denn unter der Leitung eines Propheten oder eines religiösen Anführers. [1]

Diese Bemerkung entspricht vollkommen dem geschichtlichen Verlaufe, denn, nachdem die Araber das Chalifat gegründet hatten und sich die Scheidung des arabischen Volkes in das städtische, nunmehr zur Herrschaft gelangte und das nomadische Element vollzogen hatte, kehrte letzteres sehr rasch in die alte Ungebundenheit des Beduinenlebens zurück und wirkte nur mehr zerstörend und zersetzend. [2]

Wenn weiters Ibn Chaldun behauptet, jedes von den arabischen Wanderstämmen eroberte Land sei in kürzester Zeit verwüstet, [3] sie seien deshalb unter allen Völkern am wenigsten befähigt ein Reich zu beherrschen, [4] so wird man keinen Augenblick zögern dieses Urtheil dem noch frischen Eindrucke zuzuschreiben, den die Verwüstungen der arabischen Beduinen in Nordafrika daselbst zurückgelassen hatten. Es handelt sich um den Einbruch arabischer Horden, der von Aegypten her im Anbeginn des fünften Jahrhunderts der Hegira stattfand und eine furchtbare Verwüstung jener Landstriche zur Folge hatte. [5]

VI. Im Nomadenleben erhält sich die staatenbildende Kraft des Volksgeistes; im städtischen Leben und bei zunehmender Cultur schwindet sie; die Dauer

---

[1] I, 313 (273).

[2] Näheres hierüber in meiner Geschichte der herrschenden Ideen des Islams p. 401 ff.

[3] I, 310 (270).

[4] I, 313 (273).

[5] I, 312 (272). Vgl. Geschichte der herrschenden Ideen p. 404.

und der Bestand der politischen Gemeinwesen hängt,
ahgesehen von sonstigen Umständen, von der Kraft
des Gemeinsinnes ah.

Diese Maxime erfordert nach dem hereits Angeführten
keine hesondere Begründung; der rasch sich vollziehende Umsturz der kleinen nordafrikanischen Dynastien durch einzelne
herberische oder arabische Stammeshäuptlinge und der schnell
eintretende Verfall solcher Neuhildungen liefert hierfür den
hesten Beleg.

VII. Der höchste Punkt der Civilisation ist auch
der Wendepunkt, von dem angefangen der Rückschritt
und der Verfall der Reiche eintritt.

VIII. Die Staaten hahen ihre bestimmten räum-
lichen und zeitlichen Grenzen, welche sie nicht üher-
schreiten können.

IX. Zerrüttung der Kriegsmacht und der Finanzen
sind die heiden Symptome des Verfalles.

Der nationalökonomische Verfall der orientalischen Staaten
äussert sich durch gewisse Erscheinungen, die Ibn Chaldun
eingehend darzulegen sich bemüht. Er stellt dafür gewisse
Kriterien auf. Eine oppressive Regierung führt den Verfall
des allgemeinen Wohlstandes herhei; denn sobald die Steuern
und Abgaben so hoch sind, dass sie dem Steuerträger keinen
entsprechenden Gewinn seiner Arbeit lassen, hesteht für ihn
kein Anlass mehr zu arbeiten, es sinkt die Erwerbslust und
tritt die Verarmung ein.[1] Gewöhnlich hahen demnach, wenn
ein Staat reif ist zu fallen, auch die Steuern eine unverhältniss-
mässige Höhe erreicht.[2]

Kommt noch hinzu, dass der Fürst selbst für eigene
Rechnung Handelsgeschäfte mit einzelnen Artikeln macht
(indem er sie monopolisirt), so werden hiedurch die Interessen
der Unterthanen eben so sehr geschädigt, als die Einkünfte
des Staates geschmälert,[3] denn der Reichthum der Regierung
steht in directem Verhältnisse mit dem der Unterthanen.[4]
Neuentstandene Reiche zeichnen sich gewöhnlich durch Milde

---

[1] II, 93 (81), 106 (93).
[2] II, 95 (83).
[3] II, 95, 96, (82, 83).
[4] II, 300 (255).

und Mässigung aus, alternde durch das Gegentheil. [1] Die
Civilisation aber ist um so vollständiger und dauerhafter je
länger die Herrschaft einer und derselben Dynastie sich erhält, [2]
indem durch den Umsturz und den Dynastienwechsel der
regelmässige Fortschritt gehindert wird. Ist aber einmal der
Verfall eines Reiches eingetreten, so kann nichts mehr ihn
aufhalten. [3]

Von dem Standpunkte, den wir durch die vorhergehende
Untersuchung gewonnen haben, lässt sich nun der geschichts-
philosophische Gedanke Ibn Chalduns in allen seinen wesent-
lichen Zügen erfassen. Er sieht in dem steten Wechsel der
Ereignisse, in dem fortschreitenden Verlaufe der Geschichte
die Aeusserung allgemeiner Gesetze, unter deren Herrschaft
das bürgerliche und politische Leben steht. Diese Gesetze
zu erkennen, ihren Zusammenhang zu erklären, indem er die
Gesammtheit der Erscheinungen des politischen und socialen
Lebens der Menschheit zu überblicken sich bestrebt, betrachtet
er als die höchste Aufgabe der Geschichtswissenschaft. Viele
jener Gesetze, die noch jetzt die Gesellschaft eben so gut beherrschen wie damals, erkannte er, andere, namentlich jene
des wirthschaftlichen Verkehres, ahnte er wenigstens. Er hat
also aus diesem Grunde volles Anrecht darauf, als der erste
kritische Culturhistoriker anerkannt zu werden. Dabei ist
seine Methode durchaus auf Induction beruhend: er studirt
erst die wirklichen Vorgänge, leitet daraus die Gesetze ab und
nur selten erlaubt er sich in dieser Richtung eine kleine Ab-
weichung von der Bahn der unbefangenen Beobachtung auf
das Gebiet der Hypothese und der Speculation. Aber eben
diese empirische Richtung, verbunden mit den unmittelbaren
Eindrücken seiner Zeit haben die Folge, dass seine Geschichts-
philosophie eine fortschreitende Entwicklung der Menschheit
nicht anerkennt. Der geschichtliche Process vollzieht sich
nach seiner Ansicht nach festen Gesetzen immer in denselben
Bahnen des Entstehens und Vergehens, mit derselben Regel-
mässigkeit wie der Wechsel zwischen Tag und Nacht; zwischen

---

[1] II, 138 (124).
[2] II, 295 (251).
[3] II, 120 (106).

Geburt und Tod fliesst das Leben dahin, eben so gut für die Völker wie für jeden Einzelnen. Ma'arry's Philosophie ist poetischer, Ibn Chaldun ist wissenschaftlicher und positiver.

Die grosse Frage, ob die Entwicklung des Menschengeschlechtes im Ganzen und Grossen in aufsteigender oder in ebener Bahn sich vollziehe, wird kaum gelöst werden. Jeder wird hierüber sich seine besondere Ueberzeugung bilden oder mit dem Zweifel sich bescheiden müssen.

Ueberhaupt ist ja die Fortschrittsidee zwar vielfach behandelt, aber nie begrifflich genau bestimmt worden. Ibn Chaldun versteht unter dem culturgeschichtlichen Fortschritt in allgemeinster Bedeutung das Emporsteigen der Völker von einer niedrigeren Stufe der Gesittung zu einer höheren, die Steigerung des Wissens und Könnens auf materiellem und geistigem Gebiete, aber nicht den moralischen Fortschritt zum Besseren, denn er vertritt die Ansicht, dass mit fortschreitender Civilisation die Sitteneinfalt und Unverdorbenheit dem Genussleben und der Verweichlichung unterliegen.

Aber solchen Ansichten gegenüber ist wohl die Frage gestattet, ob wir denn überhaupt bei dem heutigen Stande unseres Wissens die Culturbewegung in einem gegebenen Zeitraume bei der Gesammtheit der Culturvölker überblicken können? Kann bei dem lückenhaften Stande unseres Wissens von einer allgemeinen Culturgeschichte die Rede sein? Es ist nicht schwer hierauf verneinend zu antworten.

Es wird jedenfalls noch lange und gewissenhafte Forschung, besonders auf dem so wichtigen und dennoch so arg vernachlässigten Gebiete der Geschichte der Völker des Orients nothwendig sein, bis man genügend Einsicht in den Entwicklungsgang der Völker und in die Ursachen ihres Verfalles gewonnen haben wird, um sich über so gewichtige Fragen bessere Rechenschaft geben zu können als jetzt. Man wird der vergleichenden Völkergeschichte mehr und mehr sich zuwenden müssen, die analogen Erscheinungen des Völkerlebens im Abendlande und im Oriente prüfen und die dieser Gleichmässigkeit zu Grunde liegenden Ursachen zu erforschen haben. Das Studium der herrschenden Ideen auf religiösem und politischem Gebiete ist hiezu vor allem unerlässlich. Dies richtig erkannt zu haben, ist Ibn Chalduns grosses und bleibendes Verdienst.

Wir werden deshalb auch nicht mit ihm rechten über den negativen Charakter seiner Philosophie; wie sollte er an einen bleibenden Fortschritt glauben, der mitten in dem offenbaren Verfalle des alten mohammedanischen Staatswesens lebte, der deutlich die Unhaltbarkeit der Zustände seiner Zeit und seines Volkes erkannte. Leider reichte sein Blick nicht über die Grenzen des arabischen Culturkreises hinaus und über das, was jenseits der Grenzen des Islams vorging, hatte er nur ungenügende Kenntnisse. Dennoch scheint er auch in dieser Hinsicht durch keine Vorurtheile seines Volkes und Glaubens beschränkt gewesen zu sein, denn er hebt es besonders hervor, dass in den Ländern der Franken, soweit er davon Nachricht erhalten habe, die Wissenschaften und Studien in voller Blüthe stünden. [1]

Auch darf es nicht unbeachtet bleiben, dass er die Möglichkeit des Fortschrittes nicht in Abrede stellt, jedoch denselben von der Stabilität der politischen Verhältnisse abhängig macht. [2] Und mit dieser Bemerkung trifft er das Richtige, denn an dem Mangel von politischer Stabilität ging die orientalische Cultur zu Grunde. Hätten die mohammedanischen Völker eine geregelte Erbfolgeordnung ihrer Dynastien besessen, so hätte die Cultur des Orients sich ganz anders dauerhaft gezeigt und gewiss würde dann auch der civilisatorische Fortschritt weit nachdrücklicher sich geltend gemacht haben.

Die zersetzende Einwirkung der orientalischen Polygamie hingegen blieb von Ibn Chaldun unerkannt.

Aber gewiss ist er einer der bedeutendsten Geister seines Volkes und seiner Zeit und verdiente aus diesem Grunde auch bei uns mehr Beachtung zu finden, als ihm bisher zu Theil geworden, denn mit Ausnahme Machiavelli's uud Vico's ist er allen älteren europäischen Politikern weit überlegen. [3]

Im Oriente ist ihm schon längst die höchste Anerkennung gespendet worden. Schon unter Sultan Mahmud I. wurden seine Prolegomenen (Moķaddamah) ins Türkische übersetzt und

---

[1] III, 128 (92).

[2] II, 295 (251).

[3] Rocholl, in seiner Philosophie der Geschichte (Göttingen, 1878), nennt nicht einmal Ibn Chaldun und weiss über die Leistungen der orientalischen Denker so gut wie nichts zu sagen.

hliehen seitdem das angesehenste Handhuch der Staatsweisheit,
welches kein türkischer Staatsmann ungelesen lassen durfte.
Dass sie aber keinen Nutzen daraus zu ziehen verstanden,
beweisen am besten die Regierungen der letzten Sultane, unter
welchen alle von Ihn Chaldun als Symptome des Verfalles be-
zeichneten Erscheinungen in der unverkennbarsten Weise in
Stamhul zu Tage traten, allein vergehlich: denn es war wie
im Koran geschriehen steht: ‚Ihr Gleichniss ist das desjenigen,
‚der ein Feuer anzündete und als es erleuchtete die Umgebung,
‚da nahm Gott ihr Feuer hinweg und liess sie in der Finsterniss,
‚so dass sie nichts sehen: taub, stumm und blind sind sie und
‚kehren nicht wieder zurück (zum Heile)‘. [1]

---

[1] Koran II, 16 (17).

ANHANG.

I.

Gâḥiẓ: Buch der Thiere Fol. 195 v°.

فامّا الدهريّة فهم فى ذلك صنفان فمنهم فمنهم من جحد المسح
فأقرّ بالخسف والريح والطوفان وجعل الخسف كالزلازل وزعم
انه يقرّ من القذف بما كان من البرد الكبار فامّا الجارة
فانّها لا تجىء من جهة السماء وقال لست اجوّز الّا ما
اجتمعت عليه الأمّة انه قد يحدث فى العالم فانكر المسح
البتّة وقال الصنف الاخر لا ننكر ان يفسد الهواء فى ناحية من
النواحى فيفسد ماؤهم وتفسد تربتهم فيعمل ذلك فى طباعهم
على الايّام كما عمل ذلك فى طباع الزنج وطباع بلد الصقالبة
وطباع بلاد ياجوج وماجوج وقد رأينا العرب وكانوا اعرابًا
حين نزلوا خراسان من جميع تلك المعانى وترى طباع بلاد
الترك كيف تطبع الإبل والدواب وجميع ماشيتهم من سبع
وبهيمة على طبائعهم ونرى جراد البقول والرياحين وديدانها
خضرًا ونراها فى غير الخضرة على غير ذلك ونرى القملة فى
راس الشابّ الاسود الشعر سوداء ونراها فى راس الشيخ الابيض
الشعر بيضاء ونراها فى راس الاشمط فى لون الجمل الاورق
فاذا كانت فى راس الخضيب بالحمرة تراها حمراء فان نصل
خضابه صار فيها شكلة من بين بيض وحمر وقد ترى حرّة
بنى سليم وما اشتملت عليه من انسان وسبع وبهيمة وطائر
وحشرة فتراها كلّها سوداء قد خبّرنا من لا يحصى من
الناس انّهم قد ادركوا رجالاً من نبط ميسان ولهم اذناب

آلّا يكن كاذناب التماسيح والاسد والبقر والخيل وآلّا كاذناب السلاحف والجرذان فقد كان لهم عجوب طوال (Fol. 196) كالاذناب وربّما راينا الملّاح النبطى فى بعض الجعفريّات على وجه شبه القرد وربّما راينا الرجل من المغرب فلا نجد بينه وبين المسخ آلّا القليل وقد يجوز ان يصادف ذلك الهواء الفاسد والماء الخبيث والتربة الرديّة ناسًا فى صفة هولاء المغربيّين والانباط ويكونون جهالاً ولا يرتحلون ضنانة بمساكنهم واوطانهم ولا ينتقلون فاذا طال ذلك عليهم زاد فى تلك الشعور وفى تلك الاذناب وفى تلك الالوان الشقر وفى تلك الصور المناسبة للقرود —

II.

Ma'arry: Philosophische Gedichte — لزوميّات.

كَأَنَّ مُنَجِّمَ ٱلْأَقْوَام أَعْمَى   لَدَيْهِ ٱلْعُجْفُ يَقْرَأُها بِلَمْسِ

لَقَدْ طَالَ ٱلْعَنَاء فَكَمْ يُعَانِى   سُطُورًا عَادَ كَاتِبُهَا بِطَمْسِ

دَعَا مُوسَى فَزَالَ وَقَامَ عِيسَى   وَجَاءَ مُحَمَّدٌ بِصَلَاةِ خَمْسِ

وَقِيلَ يَجِيءُ دِينٌ غَيْرُ هٰذَا   وَأَوْدَى ٱلنَّاسُ بَيْنَ غَدٍ وَأَمْسِ

٥ وَمَنْ لِي أَنْ يَعُودَ ٱلدِّينُ غَضًّا   فَيَنْقَعَ مَنْ تَنَسَّكَ بَعْدَ خِمْسِ

وَمَهْمَا كَانَ فِي دُنْيَاكَ أَمْرٌ   فَمَا تُخْلِيكَ مِن قَمَرٍ وَشَمْسِ

وَآخِرُهَا بِأَوَّلِهَا شَبِيهٌ   وَتُصْبِحُ فِي عَجَائِبِهَا وَتُمْسِى

قُدُومُ أَصَاغِرٍ وَرَحِيلُ شِيبٍ   وَهِجْرَةُ مَنْزِلٍ وَحُلُولُ رَمْسِ

لَحَاهَا ٱللَّهُ دَارًا مَا تُدَارَى   بِمِثْلِ ٱلْمَيْنِ فِي لَجِّ وَقَمْسِ

١٠ إِذَا قُلْتُ ٱلْمُحَالَ رَفَعْتُ صَوْتِى   وَإِنْ قُلْتُ ٱلْيَقِينَ أَطَلْتُ هَمْسِى

Uebersetzung:

Blind scheint mir der Sterndeuter
    dieser Gemeinde zu sein,
Denn er liest die beschriebenen Rollen
    durch Betastung allein.
Lange währt seine Mühe,
    ach wie lange müht er sich ab!
Mit Zügen der Schrift, deren Schreiber
    längst schon ruhet im Grab!
Es lehrte Moses und ging,
    worauf Christus erstund,
Dann kam Mohammed, der machte
    die fünf Gebete kund.
Ein neuer Glauben soll später
    kommen, der diesen ersetzt:
Die Menschheit wird so zwischen gestern
    und morgen zu Tode gehetzt.
Ach dass doch aufs neue der Glauben
    seine Verjüngung erlange
Und der Büsser vom Durste sich labe,
    nachdem er gedurstet so lange!
Was immer in dieser Welt
    für ein Schicksal dir tagt,
Dir lässt es Sonne und Mond
    immerdar unversagt.
Ihr Ende soll ihrem Anfang
    gleichen, so ist es beschieden:
Morgen und Abend bringen
    der Wunder viele hienieden:
Der Kinder fröhliche Ankunft,
    das letzte Scheiden der Greise,
Der Abschied vom häuslichen Heerd
    und die letzte Grabesreise!
Pfui dieser Erdenwelt,
    wie sie täuscht und besticht,
Mit Mitteln der List, wie im Streite
    man gern sie dazwischen flieht!
Drum auch, spreche ich Unwahres,
    so lass ich die Stimme dröhnen,
Doch sag ich die Wahrheit zumal,
    so sprech' ich in leisen Tönen!

III.

ثَلَاثُ مَرَاتِبٍ مَلَكٌ رَفِيعٌ   وَإِنْسَانٌ وَجِيلٌ غَيْرُ إِنْسِ

فَإِنْ فَعَلَ ٱلْفَتَى خَيْرًا تَعَالَى   إِلَى قِنْسِ الْمَلَائِكِ خَيْرِ قِنْسِ

وَإِنْ خَفَضَتْهُ هِمَّتُهُ تَهَاوَى   إِلَى جِنْسِ الْبَهَائِمِ شَرِّ جِنْسِ

IV.

غَدَوْتُ مَرِيضَ الْعَقْلِ وَالدِّينِ فَٱلْقِنِي   لِتَسْمَعَ أَنْبَاءَ الْأُمُورِ الصَّحَائِحِ

فَلَا تَأْكُلَنْ مَا أَخْرَجَ الْمَاءُ ظَالِمًا   وَلَا تَبْغِ قُوتًا مِنْ غَرِيضِ الذَّبَائِحِ

وَلَا بَيْضَ أُمَّاتٍ أَرَادَتْ صَرِيحَهُ   لِأَطْفَالِهَا دُونَ الْغَوَانِى الصَّرَائِحِ

وَلَا تَفْجَعَنَّ الطَّيْرَ وَهْىَ غَوَافِلٌ   بِمَا وَضَعَتْ فَالظُّلْمُ شَرُّ الْقَبَائِحِ

وَدَعْ ضَرَبَ النَّحْلِ الَّذِى بَكَرَتْ لَهُ   كَوَاسِبَ مِنْ أَزْهَارِ نَبْتٍ فَوَائِحِ

فَمَا أَحْرَزَتْهُ كَىْ يَكُونَ لِغَيْرِهَا   وَلَا جَمَعَتْهُ لِلنَّدَى وَالْمَنَائِحِ

مَسَحْتُ يَدِى مِنْ كُلِّ هَذَا فَلَيْتَنِى   أَبِهْتُ لِشَأْنِى قَبْلَ شَيْبِ الْمَسَائِحِ

بَنِى زَمَنِى هَلْ تَعْلَمُونَ سَرَائِرًا   عَلِمْتُ وَلَكِنِّى بِهَا غَيْرُ بَائِحِ

سَرَيْتُمْ عَلَى غَيٍّ فَهَلَّا ٱهْتَدَيْتُمْ   بِمَا خَبَّرَتْكُمْ صَافِيَاتُ الْقَرَائِحِ

وَصَاحَ بِكُمْ دَاعِى الضَّلَالِ فَمَا لَكُمْ   أَجَبْتُمْ عَلَى مَا خَيَّلَتْ كُلَّ صَائِحِ

مَتَى مَا كَشَفْتُمْ عَنْ حَقَائِقِ دِينِكُمْ   تَكَشَّفْتُمْ عَنْ مُخْزِيَاتِ الْفَضَائِحِ

فَإِنْ تَرْشُدُوا وَلَا تُخْضِبُوا السَّيْفَ مِنْ دَمٍ   وَلَا تُلْزِمُوا الْأَمْيَالَ سَبْرَ الْجَرَائِحِ

وَيُعْجِبُنِى دَأْبُ الَّذِينَ تَرَهَّبُوا   سِوَى أَكْلِهِمْ كَدَّ النُّفُوسِ النَّحَائِحِ

١٥ وَأَطْيَبُ مِنْـهُـمْ مَطْعَمًا فِي حَيَاتِهِ سُعَاةُ حَلَالٍ بَيْنَ غَادٍ وَرَائِـح

فَمَا حَبَسَ النَّفْسَ المَسِيحُ تَعَبُّدًا وَلٰكِن مَشَى فِي الأَرْضِ مِشْيَةَ سَائِـح

يُعَيِّبُنِي فِي التُّرْبِ مَنْ هُوَ كَارِهٌ إِذَا لَمْ يُعَيِّبْنِي كَرِيـهُ الـرَّوَائِـح

وَمَنْ يَتَوَقَّى أَنْ يُجَاوِرَ أَعْـظُـمًا كَأَعْظُمِ تِلْكَ الهَالِكَاتِ الظَّرَائِـح

وَمِنْ شَرِّ أَخْلَاقِ الأَنِيسِ وَفِعْلِهِمْ خُوَارُ النَّوَاعِي وَالْتِدَامُ النَّوَائِـح

٢٠ وَأَصْفَحُ عَنْ ذَنْبِ الصَّدِيقِ وَغَيْرِهِ لِسُكْنَايَ بَيْتَ الحَقِّ بَيْنَ الصَّفَائِـح

وَأَزْهَدُ فِي مَدْحِ الفَتَى عِنْدَ صِدْقِهِ فَكَيْفَ قَبُولِي كَاذِبَاتِ المَدَائِـح

وَمَا زَالَتِ النَّفْسُ اللَّجُوجُ مَطِيَّةً إِلَى أَنْ غَدَتْ إِحْدَى الرَّذَايَا الطَّلَائِـح

وَمَا يَنْفَعُ الإِنْسَانَ أَنَّ غَمَائِمًا تَسُحُّ عَلَيْهِ تَحْتَ إِحْدَى الضَّرَائِـح

وَلَوْ كَانَ فِي قُرْبٍ مِنَ المَاءِ رَغْبَةٌ لَنَافَسَ نَاسٌ فِي قُبُورِ البَطَائِـح

Einige Bemerkungen sind zum richtigen Verständnisse des
Gedichtes erforderlich. Bis Vers 13 bleibt es vorwiegend didac-
tisch. Plötzlich aber tritt nun die subjective Richtung hervor.
V. 16 schildert der Dichter in abschreckender Art sein eigenes
Ende. Unter dem Ausdrucke كَرِيهُ الرَّوَائِح ist wol die Hyäne
oder der Geier zu verstehen, der seinen Leichnam verzehrt.
Hieran schliesst sich der nächste Vers mit dem Bilde der ver-
modernden Gebeine. V. 18 tadelt die Sitte durch Klageweiber
den Todten beweinen zu lassen. V. 19, 20 und 21 enthalten ein
kurzes Selbstbekenntniss. V. 22 und 23 aber beschliessen das
Gedicht mit einem schlecht verhehlten Hohn auf jene, welche an
eine Fortdauer nach dem Tode glauben, oder die, nach einer bei
den Mohammedanern ziemlich allgemeinen Ansicht, meinten, dass
nach dem Tode die Seele für einige Zeit bei dem Körper im
Grabe verweile. Es genügt hier auf das zu verweisen, was ich
hierüber in meiner Geschichte der herrschenden Ideen des

Islams S. 273 und 274 bemerkt habe. Diesen Aberglauben bespottet der Dichter, indem er sagt: Was frommt es dem Todten, dass die Wolken ihren erfrischenden Regen niedersenden, wenn er einmal unter der Steinplatte liegt: wäre die Nähe des Wassers erwünscht, so würden die Menschen sich um Grabstätten im Sumpflande (baṭâïḥ) streiten.

Mit einer solchen Dissonanz schliesst Ma'arry gerne. Denn eine solche ist auch der Schluss des unter Nr. II. gegebenen Gedichtes, wo er sich rühmt die Wahrheit nur mit leiser Stimme zu verkünden; er will hiemit nur sagen, dass er die Welt derselben nicht würdig erachtet; sie verdiene es nicht, dass man ihr Wahrheit gewähre.